SIMON ET MARIE

Jean NAINCHRIK

SIMON ET MARIE

Préface de Didier Decoin

Michel LAFON

7-13, boulevard Paul-Émile Victor – Île de la Jatte
92521 Neuilly-sur-Seine Cedex

À ma sœur Paulette

Durant les soirées d'hiver, les cinq amis lisaient ensemble Villon, Rabelais, Montaigne ou Corneille, pour ne pas « perdre l'habitude des tournures élégantes », qui faisaient monter aux yeux de Saltiel ou Salomon des larmes d'attendrissement et de regret. Certes les cinq amis étaient fiers d'être demeurés des citoyens français.

Albert COHEN, *Solal*

PRÉFACE

L'amour est un sentiment historique : après le premier éblouissement, l'amant veut tout connaître de l'histoire de l'aimé(e), de sa course, de son passé, de ses racines, il s'informe de tout – jusqu'à traquer la couleur de ses premières socquettes. En amour, la petite madeleine de Proust se croque à deux.

L'amitié n'est pas comme ça, elle ne s'embarrasse pas des origines. Les amis s'attirent, se plaisent, se fréquentent pour ce qu'ils sont *hic et nunc*. L'amour a besoin de savoir d'où vient l'autre, l'amitié se contente de cet autre. Il n'y a guère que dans les cours de récréation, où l'amitié n'est le plus souvent que de la camaraderie, qu'on entend la question : « Et ton père à toi, il fait quoi ? »

J'ai donc, pendant des années, fréquenté Jean Nainchrik sans savoir de quel nid, et encore moins de quel œuf, était sorti ce grand oiseau au regard doux, à la voix profonde, qui semblait toujours s'excuser quand il riait – et qui riait pour s'excuser d'avoir ri. De toute façon, la convergence de nos intérêts professionnels (il était mon agent) rendait le cours de la vie trop précipité pour que nous ayons,

Jean et moi, le temps de nous offrir mutuellement une remontée vers nos sources. D'ailleurs, raconter sa famille, ses parents, son enfance, c'est souvent comme raconter ses rêves : l'auditeur le plus complaisant reste toujours étranger au récit, quels que soient les désirs de partage de celui qui dit comme de celui qui écoute. L'enfance et les songes sont des territoires hermétiques, impénétrables, et donc à peu près indescriptibles. Malgré sa main glissée dans celles de ses parents, l'enfant est seul au monde – comme est seul dans sa nuit le rêveur endormi contre la femme qu'il aime.

Et puis un jour, dans une brasserie à banquettes de peluche grenat et senteurs de brouilly, une brasserie extrêmement française en somme, et sans que rien eût annoncé ces confidences, Jean me confia soudain l'histoire de Salomon qui fut son père et de Marie qui fut sa mère.

Je me souviens qu'il débuta de façon exotique et belle – un peu comme Flaubert commençant *Salammbô* par l'évocation des faubourgs de Carthage : « C'était à Constantinople, dit Jean, dans la rue Hadji Ali, au cœur du vieux quartier juif de Béréket Zadé... » Il aurait tout aussi bien pu dire Istanbul, mais non, pour lui c'était Constantinople – et par la seule magie de ce mot, le rivage familier de la brasserie très française s'estompa, les parfums embrasés et fleuris de l'Orient, les odeurs d'huile chaude, de rouille et de bois mouillé des bateaux du Bosphore remplacèrent les effluves du brouilly, et je me sentis aussitôt comme un voyageur accoudé au bastingage de l'Histoire.

Le voyage allait être stupéfiant.

Il y a cinquante ans que je lis des livres et que je vois des films. Et depuis une trentaine d'années, la profession ayant rejoint la passion, j'absorbe une moyenne d'un livre par jour et de deux films par soirée. Faites le compte : cette fringale équivaut à un peu moins de onze mille livres et un peu plus de vingt-deux mille films. C'est assez dire que si ma jubilation de lire et de voir n'a été en rien édulcorée, il devient tout de même de plus en plus difficile de me surprendre. Quel que soit le talent qu'emploient leurs auteurs à battre les cartes, force est de constater que les destinées, si imaginatives soient-elles, finissent toujours par se recouper – ne serait-ce qu'en raison du rappel inévitable de chagrins et d'hilarité, de stupéfactions et de (rassurantes) banalités qui tissent le patchwork humain.

Eh bien, l'histoire de Salomon (et de Marie) n'est pas comme ça. Elle est proprement ahurissante. Abasourdissante. Époustouflante. Bousculante. Un peu comme ces numéros de cirque où l'artiste, le bateleur, le crieur de merveilles font signe à la foule ébahie qu'elle n'a encore rien vu, que le plus inouï est à venir, que l'aventure n'en est qu'à ses balbutiements qui ne sont que fleur de pissenlit au regard de l'orchidée.

S'il est déjà formidablement savoureux de découvrir comment Salomon – devenu Simon en arrivant en France – fut un des fondateurs du Marché aux

Puces de la porte de Saint-Ouen, ce n'est à peu près rien comparé à ce qui vous attend quand vous en arriverez au passage où Simon le Juif, en pleine Occupation, réussit à se faire fabriquer de faux papiers salvateurs, non pas dans quelque officine clandestine, mais au siège même de la Gestapo, dans la rue Lauriston de sinistre mémoire...

Et ce ne sont là que deux étincelles d'un des époustouflants feux de joie dont s'illumine cette extraordinaire aventure. Bien que Simon et Marie, sa jolie femme venue de Pologne, soient parfaitement juifs (et fiers de l'être), on a envie de leur dédier les paroles du *Magnificat* chrétien – car le Seigneur, qu'Il soit Christ ou Jéhovah, fit pour eux des merveilles...

Si vous avez jamais tenu quelque chose de vivant dans le creux de votre main (un oiseau, un scarabée, une ablette, voire une de ces carpes gluantes et fugueuses qui, paraît-il, mettent une consternante mauvaise volonté à se laisser hacher pour la Pâque juive), vous retrouverez dans ce livre le même frissonnement obstiné qui est la signature de l'*être* – ce qui, soit dit en passant, nous soulage enfin de la dictature du paraître : *Simon et Marie* est un texte palpitant, non seulement parce qu'il est haletant et qu'on brûle d'en tourner les pages pour voir ce qui vient derrière, mais parce qu'il palpite de vie.

Des crépuscules bleus du Bosphore aux petits matins glauques et frileux de la porte de Saint-Ouen, voici un texte qui accapare, éveille et ravit les cinq sens : depuis le fumet chaud, lourd et sucré, de la rue Hadji Ali, jusqu'à la vision délicieusement nostalgique de Paris (pas celui du périph', celui des fortif') aperçu depuis l'habitacle rouge et noir d'un taxi G7, en passant par le toucher des objets sacrés (oui, oui, sacrés – vous verrez pourquoi, et ça n'est pas triste !) destinés à la brocante, la saveur des saucisses-frites qu'on avalait accoudé à un comptoir au-dessus duquel trônait une pancarte annonçant « Ici, on ne sert pas les députés » (la méfiance à l'égard de la classe politique n'est pas une invention moderne...), et le petit bruit obsédant de la machine à coudre sur laquelle la blonde Marie, pour survivre, assemblait des jupes, des montagnes de jupes, pour le compte d'un certain monsieur Émile...

Bien qu'une part importante de l'histoire de ses parents se situe à l'époque de la Nuit et du Brouillard, Jean Nainchrik n'a voulu en appeler ni à la colère ni au désespoir. Simplement, et cette simplicité se révèle finalement presque plus bouleversante que le plus impitoyable des réquisitoires, il s'étonnera – oh ! sans insistance, juste en passant – que des femmes comme Boubé (petit nom yiddish pour dire grand-mère) Golter, le symbole même de l'exquise vieille dame juive, aient été supprimées de ce monde par la barbarie nazie.

Barbarie, écrit Nainchrik. Barbarie, oui. On pourrait dire aussi infamie, horreur, abjection. Mais le mot qui m'est venu en lisant ces pages est aberration. Aberration est un mot grave, qu'il faut entendre dans le sens de déformation pathologique de la raison, de négation monstrueuse de l'intelligence. Car au-delà de la jubilation, du rire et de l'émotion qu'il provoque, ce livre pose la question de savoir à quel degré de cécité mentale étaient descendus les assassins de l'Holocauste pour ne pas avoir vu qu'en cherchant à anéantir les Juifs, ils rayaient du grand livre de l'humanité des hommes et des femmes inventeurs et protecteurs d'une culture lumineuse, d'une manière d'aborder et d'aimer la vie, qui sont justement parmi les plus merveilleux joyaux de cette humanité. Ce que fait ressortir *Simon et Marie*, ce n'est pas la peur et l'angoisse, mais l'honneur, et le bonheur aussi, pour Simon, pour Marie, pour Azrak, pour Candi, et pour Jean, d'être juifs.

Didier DECOIN
de l'Académie Goncourt

I

BÉRÉKET ZADÉ

– Salomon ! Azrak ! Candi !

Cadoune surgi à la fenêtre de la cuisine, au numéro 17 de l'étroite rue Hadji Ali.

La rue Hadji Ali s'élève, s'éloignant du Bosphore, au cœur du vénérable quartier juif de Béréket Zadé, dans cette vieille Constantinople européenne que domine la tour de Galata. Les maisons semblent aussi antiques que Byzance elle-même. Elles se serrent sur l'étroite rue pour protéger les passants du soleil. De larges galets polis tiennent lieu de pavés. Venue d'on ne sait où, une odeur indéfinissable, peut-être de lentisque brûlé, flotte entre les murs noircis par le temps, mêlée à cette heure-ci au fumet qui s'échappe des fourneaux et des casseroles.

Le numéro 17 est une vieille maison de quatre étages, toute pareille aux autres, de style arabe ; une sorte de galerie couverte entoure la cour intérieure ornée en son centre d'un bassin.

Cadoune regarde dans la rue, en haut, en bas. Une sorte de brise tiède monte du Bosphore, invisible en contrebas des maisons voisines, et passe sans rien rafraîchir.

C'est l'heure du soir où tout s'anime à l'approche du repas. Ceux qui travaillent dans d'autres quartiers regagnent leurs logis. Les hommes bavardent sur le pas des portes. Cadoune salue deux ou trois voisins, incline la tête en voyant passer le rabbin Moreno, une figure vénérée du quartier. Puis de nouveau elle appelle :

– Azrak, Candi, Salomon !

Cadoune est une belle femme brune de quarante-cinq ans environ, aux formes plantureuses, au teint mat que soulignent ses boucles d'oreilles et son bracelet d'or. Elle est, comme toujours, vêtue de soieries et de châles aux multiples nuances.

Elle avise une fille de douze ou treize ans qui bavarde en bas, dans la rue, avec une de ses camarades.

– Malka ! Sais-tu où sont passés les garçons ?

La jeune fille, une brunette au visage hâlé où les grands yeux mettent une blancheur éclatante, se retourne :

– Ils sont là-haut, dit-elle avec un geste vague dans la direction de la tour de Galata.

– Va donc leur dire que le repas sera bientôt servi.

Non sans gonfler ses joues d'un soupir, Malka approuve de la tête et, après un signe de la main à son amie, entreprend de monter la rue.

Elle traverse d'un pas léger ce vieux quartier labyrinthique, sans mystère ni surprise pour elle. Par l'étroite ouverture des ruelles on aperçoit fugitivement l'autre rive de la Corne d'Or. C'est l'heure où le ciel s'embrase derrière les minarets et la coupole de la Mosquée Bleue. Une extraordinaire harmonie naît alors entre le soleil, la mer et l'ouvrage des hommes, pour faire de chaque coucher de soleil en ces lieux une œuvre d'art unique qui touche au sublime et que bientôt défera la nuit. Dans cette ville fantastique, porte magique entre l'Orient et l'Occident, le regard et l'oreille sont en permanence tendus vers deux mondes où flottent, fraternellement mêlées, les senteurs marines et celles, toujours omniprésentes, des épices.

Malka sait où trouver les trois garçons. Leur repaire habituel est une maison abandonnée, ravagée quelques années plus tôt par un incendie. En s'introduisant dans cet antre jonché de cendres et de détritus, on peut, par un escalier extérieur situé du côté de la cour, gagner une terrasse qui domine magnifiquement les toits d'alentour, et, par-delà leur dévalade, tout en bas, l'entrée de la Corne d'Or.

La jeune fille monte les marches et, parvenue au sommet, découvre en effet les trois jeunes garçons, occupés à disputer, à grand renfort d'exclamations, une partie acharnée de dominos, ponctuée du claquement sec et précipité des petits rectangles d'ivoire et de corne, car le grand chic est de jouer vite.

– Bonsoir, les Princes... Vous êtes attendus pour le repas du soir.

Les Princes : le surnom leur avait été attribué deux ans plus tôt, lorsque avait été découverte une société secrète dont ils étaient les trois initiés, et dont l'objectif n'était autre que de s'emparer d'une barque, non loin de là, près de la fontaine de Tophane, pour gagner un îlot du Bosphore appelé l'île des Princes.

Couraient au sujet de cette île diverses légendes

de rivaux relégués par d'ombrageux sultans, de harems secrets, de trésors cachés dans des souterrains. On avait réellement attrapé les trois lascars au moment où ils détachaient les amarres, ne doutant pas qu'ils pourraient s'aventurer dans le détroit et gagner leur île à la rame.

Le plus grand des « Princes » s'appelait Azrak. Il atteignait alors ses treize ans. Salomon, le jeune frère de Malka, en avait douze et le troisième larron, Candi, venait de passer les onze. Ils n'aimaient guère ce sobriquet qui leur rappelait une humiliation, et que la jeune fille s'amusait quelquefois à leur jeter en minaudant. Peu de temps plus tôt encore, ils auraient accueilli l'apostrophe en haussant les épaules avec mépris, ou même en se fâchant.

Toutefois, les choses avaient changé depuis quelques semaines. Azrak, mince et beau, le regard noir, se leva lentement et adressa à Malka un sourire des plus appliqués :

– On arrive, princesse. On jouait à qui te donnerait un baiser.

– Et si c'est Salomon qui gagne ?

– Eh bien, j'aurai perdu...

– Et si je ne voulais pas ?

– J'essaierais de te convaincre !

Mais déjà Candi à son tour s'était mis sur pied. Un peu plus frêle et menu qu'Azrak, il avait le visage encore poupin de l'enfance. Il s'avança, la main tendue, offrant timidement à la jeune fille des pistaches qu'il venait de retirer d'un sachet de papier.

– Tu en veux ?

Malka en prit délicatement une qu'elle porta à ses lèvres.

Salomon, tout en les observant, ramassait les dominos, qu'il rangeait soigneusement dans leur petit sarcophage de bois à couvercle coulissant.

Tous quatre se mirent en devoir de redescendre vers la rue Hadji Ali, Candi et Azrak entourant Malka, Salomon marchant un peu à l'écart.

Il avait remarqué depuis quelque temps que la présence de sa sœur agissait sur ses deux compagnons de jeu comme un aimant, qui les éloignait de lui. Il en était vaguement étonné, parce qu'il n'avait pas encore, lui, commencé à regarder les filles, et puis d'ailleurs celle-là était sa sœur. Il n'avait pas été sans ressentir quelques petites pointes de jalousie, vite repoussées : confusément il percevait qu'il y avait là comme une évidence de la vie.

*
**

Les visiteurs de Constantinople, lorsqu'ils franchissent le pont Ataturk pour gagner la ville européenne, aiment à se perdre dans ce lacis de ruelles pentues et pittoresques dont fait partie Béréket Zadé, et ne rechignent pas à monter par les rues jusqu'à la tour de Galata.

Nombre d'entre eux prennent ensuite plaisir à retrouver, le temps d'un verre au bar du Pera Palace, le souvenir d'une Constantinople début de siècle, abondamment décrite et vantée par la littérature exotique. De là, leurs guides Bleus ou Baedeker les mèneront vers le nord-est en direction de Dolmabahce, le dernier palais des sultans.

Ils seront sans doute un peu moins nombreux à pousser dans la direction inverse, longeant la Corne d'Or, pour découvrir les fastes rococo du palais des Miroirs, résidence d'été d'Ahmed III et de Selim III. Et une fois venus là, la visite achevée, ils feront la plupart du temps demi-tour.

Le promeneur assez courageux ou lunatique pour au contraire poursuivre sa route dans le fracas automobile et la pollution du boulevard de Hasköy s'enfoncerait dans une Constantinople moderne que les guides touristiques, avec quelques raisons, préfèrent ignorer.

Et cependant, après une demi-heure de marche, il apercevrait peut-être, de part et d'autre de cette artère tracée au bulldozer par des urbanistes émules d'Euclide et champions de la ligne droite, une étendue de broussailles poussiéreuses, de végétation étique, parsemée de pierres et de dalles gravées.

Cette étendue funèbre et déserte, semblable à un champ de fouilles abandonné, cet espace désolé, oublié de la ville sans être rendu à la nature, ce terrain vague livré aux chiens errants et aux vipères, c'est l'ancien cimetière juif de Hasköy.

Rien ne peut dire le sentiment de désolation et d'abandon qui émane d'un tel lieu et vous serre le cœur. La détresse qu'on y ressent recouvre et accentue l'immobilité de la mort. Cet endroit qui fut jadis silencieux, ce jardin des morts où il était facile de lire les noms de dignitaires ou de simples gens, où le passant pouvait à loisir prononcer une prière à l'intention de leur âme, n'est plus qu'un champ de ruines saccagées, un enchevêtrement de pierres tombales usées, déracinées, gisant face contre terre, brisées comme par un bombardement.

En face, là-bas, sur l'autre rive, au-delà du palais

de Constantin Porphyrogénète, le cimetière d'Eyub, aimé et chanté par Pierre Loti, demeure choyé et visité, et vanté.

Mais ici, à Hasköy, personne ne vient.

Ici c'est le cadavre d'un cimetière.

Le vent du siècle est passé. Les exils, les exodes, la guerre ont emporté les générations suivantes, loin de ceux qui dorment ici. Où sont-ils ? Qui le sait ? Qui connaît encore les noms des morts de Hasköy ? Qui se soucie de ces ossements mêlés, qui se souvient d'un temps, d'une voix, d'un visage ? Le béton et le bitume de la ville moderne ont achevé le travail de l'exil et de l'oubli ; en sorte que ceux qui reposent là sont morts deux fois. Des ossements anonymes, un espace envahi par le désespoir et la désolation, voilà ce qu'est devenu le « lieu de repos » de Hasköy, petit cimetière juif sans importance où seules les mauvaises herbes témoignent de l'obstination de la vie.

Ici se trouvent les miens. Je suis venu à la recherche d'une tombe.

Dans mon âge mûr, et pour la première fois, j'ai senti le besoin de ce pèlerinage. Je l'ai entrepris poussé par un sentiment obscur, sans trop me rendre compte de ce qu'il a en même temps d'universel. Au fur et à mesure que la modernité disloque les familles et « délocalise » les êtres humains, les sociologues, les psychologues commencent à mesurer les dommages causés dans l'affectivité par l'absence des sépultures. On s'aperçoit que nous avons tous besoin, privés par la mort de ceux que nous aimions, de savoir où ils sont, de nous recueillir sur leur tombeau, même si nous ne croyons à aucune vie éternelle. C'est ainsi. C'est un repère.

Je suis venu à Constantinople – oui, je devrais dire Istanbul, mais c'est l'ancien nom de la ville qui me vient à l'esprit – pour cela. Je voulais, en entrant ici, me recueillir sur les sépultures de Joseph, Cadoune, David, Motel, Esther. Mon grand-père, ma grand-mère, mes oncles et ma tante.

Hélas ! Malgré tous mes efforts, je ne les ai pas retrouvés.

Plus aucune inscription ne se lisait sur les stèles effondrées et la tombe même de Camondo, un des plus célèbres Juifs de Constantinople, dont l'enterrement fut suivi par toute la ville en deuil, semblait une relique bien dérisoire du passé.

Au loin, bien au-delà du périphérique, le chant d'un muezzin parvenait à se faire entendre, quand le grondement de la circulation faiblissait quelques instants. Mais là, sur ces pauvres restes, il n'y aurait plus jamais ni chants, ni musique. Ils n'auraient droit qu'à une odeur envahissante, obsédante, d'essence et de gazole brûlés, qui achèverait de brouiller la mémoire perdue.

Je suis demeuré longtemps dans cet espace abandonné, parmi ces morts anonymes, face à la Corne d'Or dont la beauté contraste avec cette vision pitoyable. Le monde moderne, ce qu'on appelle le progrès en oubliant un peu trop vite que tout changement, toute évolution n'est pas forcément un « progrès », le monde moderne a fait irruption à Hasköy et il en a chassé les morts. Ne subsiste qu'une ambiance lourde, je ne sais quoi d'austère, d'immobile et de tragique, comme si la nécropole dévastée voulait maintenir encore, envers et contre tout, face à la bêtise des hommes, la dignité des mendiants ou des princes ruinés...

Une mélancolie lourde, pénible, insidieuse m'avait envahi. J'eus soudain envie de fuir, comme si cette atmosphère pesante de mort redoublée allait me saisir et m'avaler. Je ne voulais plus être là. J'avais voulu m'approcher des miens, de ces êtres dont le sang coule dans mes veines, j'avais rêvé de sentir la proximité de leurs âmes et je ne rencontrais qu'un vide béant.

Joseph, Cadoune, David – ces morts que je n'avais connus que sur des photos ou à travers les mots de mon père, Salomon –, ces morts n'étaient plus là. Ils n'étaient évidemment plus là. J'étais comme un archéologue qui a cherché longtemps une sépulture antique et ne découvre qu'une grotte vide.

Mais si ceux que je cherchais n'étaient pas là, où étaient-ils alors ? Si les morts ne se tiennent plus au cimetière, il faut bien qu'ils soient quelque part ?

Je résolus d'aller les appeler aux lieux où ils avaient été vivants.

Le lendemain, quittant mon hôtel de bonne heure, je marchai en direction de Béréket Zadé.

Je regardais de tous mes yeux cette grande ville animée et bruyante, où le bruit des transistors, le fracas puant des moteurs mal réglés, les immeubles de béton, les trottoirs défoncés se mêlent dans le plus total désordre à des images tout droit sorties des gravures romantiques, des peintures orientalistes que j'avais si souvent contemplées.

Mon père avait-il, enfant, tourné à ce coin de rue ? Cette boutique de légumes secs, de graines et de fruits d'Orient existait-elle à son époque ? En tout cas il n'avait sûrement pas connu la façade étincelante et orgueilleuse de cette banque iranienne ou koweïti... Je m'obsédais, me soûlais de ces observations, j'aurais voulu tout voir avec ses yeux. Il était mort depuis bien des années déjà, et des décennies plus tôt, dans ce XXe siècle à ses débuts qui nous semble – qui est ! – un autre siècle, il avait grandi là...

Enfin, le cœur battant, indifférent à tout ce qui n'était pas ma quête, je pénétrai dans les ruelles de Béréket Zadé.

Je mis mes pas sur les vieilles pierres rondes de la rue Hadji Ali. La maison du numéro 17 était toujours là, à présent triste et misérable. Je la reconnaissais cependant, elle était bien comme dans les récits de mon père. Elle avait dû être fort élégante, cette vieille maison orientale, au temps de sa splendeur.

J'entrai dans la cour. Le petit bassin était veuf de son eau, depuis longtemps sans doute. Cela était triste encore, triste comme l'abandon, comme la vie enfuie. Dans toutes les maisons de l'Orient coulait de l'eau, indispensable, pure, fraîche. L'eau qui se tarit à la fontaine, au ruisseau, au puits, au bassin, c'est la vie qui va disparaître. Peut-être aujourd'hui dans cette même maison les robinets lâchaient-ils un filet d'eau douteuse, tiédasse, rescapée des pollutions industrielles, chichement mesurée à une population trop nombreuse, et que les autorités municipales recommandaient de ne pas boire... Mais ce n'est plus de l'eau... Ce n'est plus l'eau sacrée aux hommes comme le pain, le fruit...

Je demeurai là immobile, combien de temps ? Je ne sais pas. Le temps ne comptait pas. Curieusement, je ne vis personne. La maison était-elle habitée ?

J'avais le cœur étreint, encore une fois, comme la veille au cimetière de Haskoÿ, par le silence et l'apparent abandon de ces lieux.

Je ressortis lentement et m'arrêtai sur le pas de la porte, considérant la rue à droite et à gauche. Non loin de là se trouvait un petit café. Je m'en approchai, pris d'un désir urgent de voir mes semblables, fût-ce des inconnus.

Ce café était pareil à tous les troquets de Constantinople : petite salle haute de plafond, tables à pieds de fonte et plateau de bois poli par l'usage, chaises dépareillées qui raclaient bruyamment le pavement du sol. Deux vieux hommes aux visages ravinés, aux bouches édentées, silencieux, répondirent à mon salut en hochant la tête.

Je me fis servir du thé par le jeune homme affable qui tenait l'établissement. Probablement ce café existait-il déjà, peuplé d'hommes en caftan et chéchia rouge, avec leurs babouches, au temps où mon père, Salomon, galopait dans ces rues en culottes courtes, comme sur la photo qui a trôné longtemps dans la salle à manger, quand j'étais petit.

Je ressortis une demi-heure plus tard. La conversation avec le tenancier, qui ne connaissait pas plus le français que moi le turc, avait été limitée, quoique amicale.

Mes yeux se promenaient sur ces façades décrépites. Non loin de là se trouve la mosquée d'Arap. Dans la rue, on peut également voir encore la petite synagogue ; elle est vide, mais elle au moins n'a pas été détruite, comme tant d'autres en Europe. À Béréket Zadé, chacun avait prié son Dieu, librement, en paix avec les hommes, et pour être plus concret : en paix avec son voisin.

Derrière les vitres du rez-de-chaussée (mais ce fut peut-être un effet de soleil) je crus voir brûler en se balançant la flamme de deux ou trois petites bougies, symboles de vieilles âmes attachées à la terre et qui refusaient de la quitter.

J'éprouvai là encore le vertige du temps, du passé, du vide.

Où sont les morts ? Où sont ces femmes, ces enfants qui vécurent là, avec mille éclats de rire sur leurs visages heureux ? Que sont donc devenus les cris, les palabres et les chamailleries des voisins dont bourdonnait la rue Hadji Ali du temps où Salomon y vivait ? Peut-on encore entendre l'écho des apostrophes, revoir ces grands gestes pleins d'amitié et d'invite, comme on les fait avec les bras et les mains, à ceux qu'on aime ?

Aujourd'hui depuis longtemps les Juifs ont déserté cet endroit.

Il y en avait encore trois cent mille dans tout l'Empire en 1900. Où sont-ils maintenant, les fils et petits-fils de ces gens pauvres et pieux ? Éternelle et lancinante question à laquelle il est si douloureux de répondre. Le silence qui emplit aujourd'hui la rue Hadji Ali vient de loin, de la guerre de 14, du démantèlement de l'Empire turc, de la guerre de 39-45... Il vient de partout, ce silence... Il est fait de millions de cris de douleur et de désespoir étouffés...

Cadoune, Joseph et les autres avaient existé à travers les mots de mon père lorsqu'il me parlait d'eux.

Il ne me restait qu'à rassembler des souvenirs et à tenter d'imaginer le reste pour donner un prolongement à leurs vies.

Je retournai m'asseoir au petit café de la rue. Je sortis de ma poche mon stylo et le cahier acheté en quittant Paris, à l'aéroport.

Il me restait à respirer l'ambiance de Béréket Zadé, à camper le décor du numéro 17, à voir Cadoune se pencher à sa fenêtre, et à saisir s'il se pouvait l'écho d'une voix à la fenêtre :

– Azrak, Candi, Salomon !...

On la connaît bien, cette Constantinople de 1900, tant décrite et vantée par les auteurs exotiques, par les récits d'un Pierre Loti toujours célèbre et vénéré ici.

Autour des Turcs, maîtres du pays depuis l'année 1453, quand s'effondra l'antique Byzance avec son empereur Constantin XII Paléologue, la capitale de l'Empire ottoman rassemble dans ses pierres romaines et byzantines les représentants d'un grand nombre de peuples : des Bulgares, des Bosniaques, des Croates, des Grecs, des Albanais, des Zinzares, des Arméniens, des Bohémiens, des Tziganes et des Juifs.

Ces derniers étaient arrivés de bonne heure, à la

fin du XVe siècle, lorsque les Rois Catholiques les avaient chassés d'Espagne, au cours d'une des premières purifications ethniques de l'Europe. Le Sultan les avait accueillis volontiers et n'avait pas eu à s'en repentir. Orfèvres, armuriers, géographes, savants, artisans, commerçants, respectueux des lois, ne demandant que la liberté de pratiquer leur religion, ils avaient enrichi son empire et accru sa puissance. Depuis lors ils y vivaient à peu près normalement. Je dis à peu près, parce que pour les Juifs, même le normal n'est jamais tout à fait normal. Aux yeux de tous, ces éternels errants, ces gens qui n'avaient pas vraiment de patrie ni de terre étaient tout de même de drôles de gens.

Allemands, Français, Anglais règnent en maîtres sur l'économie. La modernisation du pays, c'est eux, pour la raison toute simple que les capitaux, c'est eux aussi... À eux donc les profits de l'électrification, de la navigation à vapeur, du chemin de fer. Ainsi est-ce la puissante Compagnie des wagons-lits qui a construit, à l'usage des Européens voyageant pour leurs affaires ou pour le plaisir, le grand hôtel Pera Palace.

Ce qui n'empêche pas que là comme ailleurs, de bonnes âmes affirment que tout le commerce est entre les mains des Juifs. Ils ont ce qu'on leur laisse ! C'est-à-dire la boutique et l'échoppe. À quelques exceptions près, celle notamment d'un des Juifs les plus célèbres de Constantinople, le comte Abraham de Camondo, le Rothschild oriental, et dont le nom s'éteindra en la personne de sa dernière représentante, à Auschwitz. Ah ! il en a fait de belles et bonnes choses, ce Camondo. Il jouissait de toute la confiance du grand vizir Rachid Pacha ; du moins, de toute la confiance que celui-ci était capable d'accorder à un Juif. Le comte était devenu le plus riche possédant de Constantinople. Mais ce qu'il voulait, c'était Paris. C'est là qu'il voulait vivre. Il y est allé, mais pas pour longtemps, le pauvre. Quand je dis « le pauvre » c'est manière de parler, bien sûr...

À Constantinople, il avait fondé l'école israélite de garçons, située à Galata. C'est là que Salomon a étudié. Mes grands-parents vénéraient l'instruction, et le comte de Camondo bénéficiait chez eux d'une auréole de saint. Cadoune racontait à ses enfants (et Salomon me l'a raconté plus tard) son enterrement, au cours de la Pâque juive de 1873, à Constantinople. Toute la ville avait revêtu ses habits de grand deuil pour accompagner, perdu au milieu d'une foule immense, le comte à sa dernière demeure, à Hasköy. De partout retentissaient des glas funèbres, car même les églises s'étaient associées à l'hommage rendu au défunt. Tous les magasins de Galata et de la Corne d'Or avaient fermé leurs portes. Suivaient le cortège des ministres de Sa Majesté Impériale, les corps diplomatiques et consulaires en grands uniformes, des députations des clergés chrétiens, orthodoxe et catholique, avançant avec la lenteur requise par la solennité de l'événement, devant les chorales des églises, les élèves des écoles et naturellement toute la communauté juive. Jamais pareil hommage n'avait été rendu à un Juif depuis l'arrivée, quatre siècles auparavant, des enfants d'Israël. Il y avait même un bataillon de l'armée de terre, un autre de la Marine et les musiques impériales.

Tel est le souvenir qui m'a été légué de Constantinople : une ville de tolérance et de coexistence.

Certes, tout n'y était pas paisible. Les Grecs orthodoxes, les Arméniens catholiques avaient subi de rudes persécutions. Amputé de la Grèce depuis 1830, menacé par les autonomismes environnants – Bulgares, Serbes, Albanais... –, l'Empire était faible, donc féroce. Les Arméniens avaient pu s'en convaincre en 1895-1896, lorsque l'armée avait mené contre eux une répression sanglante... Et ils n'avaient pas encore vu le pire.

Cette agitation des peuples soumis à la Sublime Porte est une des raisons qui ont fait appeler la Turquie « l'homme malade de l'Europe ». Le régime a déjà vacillé sur ses bases avec le soulèvement des « Jeunes Turcs ». À l'âge de sept ans, comme toute la ville, mon père a vu les troupes massées en Macédoine, et mutinées contre l'autorité centrale, entrer dans Constantinople, orgueilleuses, tenant en respect le peuple à coups de bâton ou de sabre s'il le fallait. Qu'allait-il se passer ? Le lendemain les crieurs publics et les affiches annonçaient qu'Abdul-Hamid, « le Sultan rouge », furieusement autoritaire, avait été destitué et remplacé par Mehmet V. Depuis lors, le mouvement Jeune-Turc fournissait les ministres et les grands chefs administratifs, dirigeant l'Empire de fait. Le pâle Mehmet signait docilement les firmans qu'on lui présentait.

Mais ces événements n'avaient pas changé grand-chose à Béréket Zadé. Affaires de « grands », de ceux d'en haut, de ceux qui dirigent le monde, ceux qui se croient placés entre Dieu et nous, les ambitieux qui rêvent d'écrire l'histoire, et que le peuple n'entrevoit guère qu'en de fugitives occasions, lorsqu'ils daignent sortir de leurs palais. Qui aurait pu alors se douter que dans si peu d'années l'Empire allait se laisser entraîner dans une guerre où il s'engloutirait à tout jamais ?

*
**

C'est à la fin du XVe siècle que les ancêtres de ma grand-mère Cadoune, les Mishahi, étaient venus d'Espagne, comme un grand nombre de leurs coreligionnaires contraints de choisir entre l'abjuration de leur foi et l'exil. Joseph, mon grand-père, était beaucoup plus récemment arrivé d'Odessa, sur la mer Noire, pour fuir les pogroms de la Sainte Russie.

Le rabbin Moreno, le chef religieux du quartier, était lui aussi venu de Russie. C'était un proche ami de mon grand-père, et c'est lui qui avait marié mes grands-parents.

Ils s'étaient connus là, dans cette rue Hadji Ali qui était le cœur du quartier juif. Cette modeste ruelle, sans en avoir l'air, est un haut lieu de la vie juive : c'était alors la seule rue de Constantinople et même de l'Empire ottoman – et de l'Europe ! – où tout le monde parlait les deux langues juives : le yiddish, parlé en Europe centrale, et le ladino, ce mélange d'hébreu et de vieil espagnol pratiqué par les habitants les plus anciens, les descendants des fugitifs d'Espagne.

Joseph avait ouvert, ou repris, je ne sais pas, un commerce de tapis au Grand Bazar. Cadoune et lui eurent cinq enfants : Motel, David, Esther, Malka et Salomon, mon père, le cadet, né en 1902. Je n'ai pas connu les trois premiers autrement qu'en photo. Je dirai plus loin ce qu'il est advenu de Malka.

Salomon, plus tard, m'a parlé mille fois de ce couple mythique de Juifs stamboulais, qui représentaient à ses yeux un exemple moral sans égal.

– Ils étaient généreux, me disait-il, comme le sont bien souvent les pauvres. Les pauvres, ceux qui ont connu la privation et la faim, l'inquiétude du lendemain, savent toute l'importance de ce couvert supplémentaire qu'il faut mettre sur la table, destiné à plus malheureux que soi, suivant la recommandation du Talmud. Tes grands-parents ont toujours été tournés vers les autres. Je ne me souviens pas d'avoir jamais vu leur porte fermée.

Azrak, le copain d'enfance de Salomon, avait ainsi été élevé par Joseph et Cadoune. Sa mère était morte à sa naissance. Son père leur avait confié le petit, puis il était parti, sans plus jamais donner le moindre signe de vie. Ça n'était pourtant pas rien, une bouche de plus à nourrir, pour eux qui avaient tout juste le nécessaire.

Il y avait aussi Mehemet Abdul, qui était né dans une maison de la rue Hadji Ali. Il appartenait à la seule famille musulmane de la rue. Lui aussi était le bienvenu. Mes grands-parents l'ont nourri presque entièrement jusqu'à sa quinzième année. Un « mahométan » chez les Juifs ? Oui. Les uns et les autres, et aussi les chrétiens, vivaient en bonne harmonie dans ce quartier, comme dans tous ceux où habitent ceux qu'on appelle les « petites gens ». Quand je dis que la rue Hadji Ali est à sa façon un haut lieu de l'histoire juive en Europe, je devrais ajouter : et de l'histoire religieuse en général ! Dans la rue, à Béréket

Zadé, on s'entendait toujours sur les vrais problèmes, parce que tout le monde avait les mêmes : gagner de quoi vivre, manger, s'entraider. On riait et on dansait ensemble dans les bons jours. On pleurait ensemble les drames et les morts. On savait que ces choses de la vie étaient le lot commun des hommes, quel que soit leur Dieu...

Voici donc mon père gamin dans les ruelles de la vieille cité byzantine, ces petites rues dont les maisons semblaient avoir été plantées au gré de la plus haute fantaisie.

Je ferme les yeux. Je cherche à revoir, à sentir, telle soirée de 1910 ou 1912. Dans la chaude fin du jour, les gens sont sortis sur le pas des portes. Des enfants courent, se poursuivent. La rue retentit d'appels et de paroles où le turc, des bribes de français se mêlent au ladino et au yiddish.

La rue Hadji Ali fleure bon l'antique cuisine juive, celle que confectionnait Cadoune et que je n'ai jamais goûtée. Lorsque Salomon voulait se remémorer les bonheurs de Constantinople, il me parlait des recettes élaborées par sa mère. Quel que soit l'âge qu'atteint un homme ou une femme, rien ne peut ôter de sa mémoire la saveur d'un plat, d'une boisson, d'un dessert qu'il aimait lorsqu'il était petit.

Dans le lointain, on aperçoit le Bosphore à travers une échancrure des maisons. La vacillation de l'eau berce un fourmillement de petites lumières colorées que dominent les pointes élancées de quelques minarets. Beaucoup plus loin encore, on voit se déplacer une multitude d'ombres, tantôt par petits groupes, parfois seules. À force de les observer on finit par se rendre compte que ces ombres sont celles des hommes qui marchent tout là-bas, vite ou lentement, vers des destins qui resteront inconnus.

Azrak, Candi et Salomon vont à l'école laïque de l'Alliance israélite. Les Juifs de Constantinople, sauf peut-être les plus conservateurs d'entre eux, hostiles aux laïcs, vénèrent deux sortes de personnes : les rabbins et les instituteurs. Les lecteurs du Coran les révèrent aussi. C'est la grande époque où les instituteurs accomplissent leur tâche au nom de la civilisation et de la fraternité. À leurs yeux, leur mission a un caractère aussi sacré que celle des rabbins. Joseph et Cadoune sont du même avis. Les maîtres d'école apportent la lumière de l'instruction dans des quartiers où sans cela les hommes vivraient en parias.

En fin d'année, à l'école de Salomon, les meilleurs élèves reçoivent un bon pour une paire de chaussures, une casquette ou, pour le meilleur des meilleurs, un vrai costume. Reste ensuite à courir chez les généreux commerçants qui offrent ces cadeaux. Salomon et Azrak, plutôt bons élèves, en ont obtenu souvent. Seul le pauvre Candi n'a jamais rien eu. Il ne travaille pas assez.

Sitôt l'école finie, Candi, Azrak et Salomon se retrouvent dans la rue et, selon les cas, montent vers la tour de Galata ou redescendent vers la ville en courant comme des fous.

Un terrain de jeux et d'aventures à la taille de Constantinople ! Voilà bien de quoi faire paraître légère l'humilité de leur condition sociale. Ils sont des princes. Les princes du pavé et de la rue. Tous les enfants des villes ont connu ces bonheurs – et en somme, surtout les plus pauvres – avant que les rues ne soient engorgées de voitures et les enfants confinés sur des « aires de jeux ». Peut-être est-ce là l'un des chemins qui me ramènent le plus près de mon père. Le décor n'y fait rien : ce qu'il a connu à Constantinople avant 1914, je l'ai connu, ou à peu près, dans Paris après la Seconde Guerre mondiale, rue Crémieux où nous habitions, entre la gare de Lyon et la Bastille. Les parties de billes ou d'osselets improvisées au bord des trottoirs, les jeux qu'on invente avec rien, les bateaux formés d'un bout de carton ou de cageot qu'on fait flotter sur l'eau des caniveaux. Les courses, les chapardages, les intrusions en des lieux interdits...

Mais moi, j'ai grandi dans un Paris tout noir, que n'avaient pas encore remaquillé les nettoyeurs de pierres d'André Malraux ; un Paris aux rues pavées où tout un petit peuple ouvrier s'entassait encore dans les immeubles miteux des arrondissements de l'est... Salomon, lui, a grandi dans l'éblouissement du soleil, des couleurs, de la mer, des bateaux, dans la splendeur diaprée de la ville trônant sur son promontoire qui, comme Rome, comporte sept collines, couronnées par les dômes des mosquées et leurs minarets. Devant ses yeux, ce bras du Bosphore, cette « Corne d'Or » qui abrite l'un des ports les plus beaux et les plus sûrs du monde.

Tout le jour, les yeux chavirent sous le choc de la lumière, doutant si le ciel est un tissu impalpable ou bien un rêve. Quand tombe la nuit, d'autres lumières surgissent de l'ombre, donnant naissance à l'un des spectacles les plus mystérieux de cette terre.

Salomon a grandi parmi les foules misérables, les ruelles étroites encombrées d'immondices, les odeurs qu'elles dégageaient et qui finissaient par chasser les effluves composés des mille et une merveilles que rapporta Marco Polo.

Dix ans, douze ans... À cet âge, on n'est plus dépendant comme un petit enfant, et l'on n'a pas encore à assumer les responsabilités des grandes personnes. C'est un âge d'or. Les « trois Princes » en profitent tant qu'ils peuvent.

Un de leurs grands plaisirs est de dérober des graines de pastèque séchées aux étalages des petits marchands ambulants. La méthode est simple. L'un d'eux s'approche, et demande au marchand un renseignement qui l'oblige à quitter son étal des yeux. Par exemple, s'il tourne le dos au palais de Constantin, on lui demande comment y aller. Pendant qu'il indique la route, les deux autres raflent une poignée ou deux de graines et, sitôt fait, tous partent en courant. Jamais ils ne sont poursuivis : le marchand a bien trop peur que d'autres n'arrivent et ne lui prennent le reste.

D'autres fois, ils vont rôder sur l'avenue de Pera, l'actuelle Istiklal Caddesi, où l'on voit les riches Européens, banquiers, diplomates, gens d'affaires, touristes... Là on peut admirer les équipages, et même, quelquefois – rarement ! – assister au spectacle rare de l'arrivée d'une vraie automobile. L'avenue est dominée par le Pera Palace, lieu mythique comme peuvent l'être l'Europa de Saint-Pétersbourg, le Savoy de Londres ou le Danieli de Venise, qui sont entrés dans l'histoire du Vieux Continent par leurs clients fameux et leurs légendes. Le Pera Palace fut créé à la fin du siècle précédent pour accueillir les voyageurs de l'Orient-Express. On y montre encore aujourd'hui la chambre de la romancière Agatha Christie. Qui sait ? Salomon et ses copains ont peut-être vu, franchissant la majestueuse porte à tambour, la silhouette furtive et pressée, sous son large chapeau ombreux, de Basil Zaharoff, ce Grec d'origine obscure, infiltré Dieu sait comment dans le commerce des armes, qui leur promet un avenir de sang...

Lorsque les fugues se terminent un peu trop tard, ou lorsque les Princes se signalent par quelque mauvais coup, tel l'épisode de la barque, une autorité indiscutable et redoutée se charge de les sermonner : Le rabbin Victor Moreno.

Il est regardé dans ce quartier, et même au-delà, par toute la communauté, comme un grand homme. Il parle le ladino, le yiddish, le russe, le français et l'allemand. Les jours de fête, il est habillé comme un général de l'armée turque ; tout le reste de l'année il porte une simple redingote, une chemise empesée, un chech sur la tête, et jamais de cravate. Il est très à cheval sur les principes, comme il sied à son ministère. Il y a un mystère : pourquoi ne s'est-il pas remarié après la mort de sa femme ? C'est bien rare pour un rabbin. Alors on se pose des questions.

Le rabbin Moreno dispose d'un autre titre de prestige : il connaît le Sultan. Celui-ci lui accorde des audiences. Sans doute même le consulte-t-il sur l'état d'esprit de ses coreligionnaires, et Moreno en profite-t-il pour faire avancer quelque revendication, quelque placet... Aussi on le considère comme un sage, un ami dont les recommandations, les conseils, portent bien au-delà des problèmes religieux. Le rabbin Moreno et Joseph, je l'ai dit, se fréquentent et s'estiment depuis longtemps. Ils ont vécu l'un et l'autre sur la mer Noire, à Odessa.

Donc, qu'un mauvais coup, une farce pendable soient rapportés au rabbin Moreno, et le ou les coupables se voient convoqués devant lui pour entendre une remontrance redoutable surtout par sa longueur. Quand le rabbin parle, il prend son temps, et pas question de montrer le moindre signe d'impatience ! On l'écoute, les yeux baissés, les mains sur les genoux. Lorsque l'on a approuvé et répété les préceptes issus de la Bible ou des textes sacrés, promis et repromis de ne plus recommencer, on peut enfin détaler... Et finalement les gamins aiment sans trop s'en rendre compte ce personnage sévère dont ils devinent l'immense bienveillance.

Mais pour Salomon, le véritable cœur battant de Constantinople, c'est l'endroit où travaille son père : le Grand Bazar.

Il l'y accompagne parfois lorsque Joseph va ouvrir sa boutique, dans la matinée, quand la grosse chaleur enveloppe déjà la ville d'un nuage blanc, et quand le ciel, blanc lui aussi, se fond dans la mer avec des allures de neige incandescente. Ils descendent vers le pont de Galata, qu'ils traversent. De petits ânes avancent, lourdement chargés, frappés machinalement par leur maître qui, pas plus qu'eux, ne croit encore aux vertus du bâton. Passent des marchands ambulants de cigarettes ou de fruits, poussant leur petit étalage. Les yeux du garçon se posent au hasard sur les boîtes et les brosses d'un cireur de chaussures, tandis que trône dans le fauteuil un « Monsieur » hautain à moustache en croc.

Salomon veille à ne pas perdre son père parmi

cette multitude anonyme et bigarrée qui semble venir de nulle part, toujours pareille à elle-même, comme la même centaine de figurants des films à petit budget où des légionnaires romains, des soudards médiévaux, des soldats de l'An II se mettent à courir derrière le décor et reviennent défiler devant la caméra jusqu'à ce que le metteur en scène soit persuadé qu'il tient une superproduction historique. Il y a ici à la fois beaucoup d'animation et une absence totale de précipitation, une nonchalance tranquille en même temps que bavarde, une réelle placidité aux antipodes de la frénésie hargneuse des Parisiens ou de l'impétuosité désinvolte des Romains. C'est cela le secret de l'Orient.

Et enfin ils arrivent en vue du Grand Bazar.

Le Grand Bazar !

Le plus vaste marché qui soit au monde. Le haut lieu des échanges et du commerce, un endroit mythique. Joseph a déjà raconté au gamin le tremblement de terre qui a tout détruit en 1894. Mais le bazar a bien vite resurgi de ses ruines, et déjà, dix ou douze ans plus tard, on le croirait à nouveau immémorial ou éternel, ce labyrinthe aux dix-huit portes, serti d'ombres et de lumières comme un diamant, plein de couleurs, de parfums, de musiques.

Le Grand Bazar, reflet démesurément grossi du Marché aux Puces de Paris... ou dont ce dernier, plutôt, apparaît comme un modèle réduit, un souvenir.

Qui ne l'a jamais vue ne peut imaginer cette ville dans la ville.

Au tournant du siècle, on y dénombre pas moins de quatre mille trois cent quatre-vingt-dix-neuf échoppes, plus de deux mille ateliers, des centaines d'éventaires, des entrepôts, des dizaines de fontaines, une école, des hammams pour les femmes et d'autres pour les hommes.

Ici mille rumeurs semblent naître du sol, jaillir des murs comme l'eau des fontaines, avec ce merveilleux bruit de la vie lorsqu'elle se donne en représentation. De temps à autre on aperçoit les pierres de la tour Beyazit, on reçoit une bouffée d'air ou de lumière à travers les ouvertures des galeries. Sur les trottoirs des vieilles rues bancales débordent et s'étalent les cafés où, comme partout en Orient, les buveurs éternels d'un même breuvage, thé ou café, parlent bruyamment en agitant les mains – quand ils ne dorment pas purement et simplement.

Salomon et Joseph passent d'abord devant le marché aux livres, le Sahaflar Carsisi, où l'on respire l'odeur familière du papier et de l'encre qui vient s'ajouter aux senteurs souvent indéfinissables des petites boutiques avoisinantes.

Enfin, il parviennent dans le Grand Bazar lui-même, le Kapali Carsisi, par la rue des fabricants de tentes et celle des fabricants de fez. De là, ils poursuivent jusqu'à la rue des marchands de tapis.

La boutique de Joseph est semblable à toutes les autres. Les tapis exposés aux murs et au plafond paraissent n'attendre qu'un signe pour s'envoler et emporter le voyageur dans l'univers des chimères...

Mais même si Salomon connaît les histoires des Mille et une nuits, il n'est pas ici pour rêver. Aux yeux de Joseph, ces stages dans la boutique ont leur importance, presque autant que l'école. Il s'agit d'apprendre le métier.

Et Salomon écoute son père argumenter, vendre, discuter les prix, gémir, se réjouir en se frottant les mains... Il découvre toutes les mimiques et les ruses, l'intuition, la présence d'esprit, l'art quasi divinatoire qu'il faut déployer pour « ferrer » et convaincre l'acquéreur.

Entre deux discussions, Joseph commente à l'intention du gamin :

– Le client il faut le rassurer, tu comprends. Lorsqu'il te laisse son argent sans regret, qu'il part vraiment heureux, alors seulement tu peux dire que c'est une bonne vente. Celui-là, il reviendra un jour, ou il t'enverra ses amis, il dira du bien de toi. Oh, c'est vrai, tu peux faire de l'argent en vendant n'importe quoi à n'importe qui, en trompant sur la qualité, le client il est faible, aussi, on peut en abuser... Mais ça, fiston, ça ne dure pas ! C'est pas ça le bon commerce. Le bon commerce il est honnête, voilà...

Salomon approuve, et la démonstration pourrait durer une heure si heureusement un autre client ne se présentait pas pour l'interrompre. N'empêche que le jeune garçon apprend, et que ces sains préceptes sont les mêmes qu'il appliquera, plus tard, et qui feront de lui le brocanteur-antiquaire le plus estimé de Clignancourt.

Cela, il est loin de s'en douter, bien sûr, tout autant que son père, lequel le destine au même commerce que lui. Il a ses plans, Joseph. David, qui est de santé fragile, pourrait entrer dans « les bureaux », Motel qui aime l'étude pourrait continuer d'apprendre et, qui sait, devenir maître d'école, le rabbin Moreno sait comment obtenir une bourse d'études... Les deux filles, jolies comme elles sont, trouveront facilement de bons maris... Et Salomon prendra le magasin.

Mais le garçon, lui, ouvre les yeux sur d'autres choses. Quand son père, voyant que son attention commence à se relâcher, l'autorise à aller se promener seul dans ce labyrinthe de galeries, Salomon alors délaisse les tapis, les instruments de musique, les objets de cuir ou de cuivre, les meubles ou les brûle-parfums, et il s'en va tomber en arrêt devant le coin des brocanteurs.

Ceux-là vendent tout ce que vendent les autres, pêle-mêle, mais d'occasion. Meubles, tapis, icônes, bibelots, bijoux, ustensiles de cuisine, livres, vieux papiers, coffrets, instruments de musique, armes anciennes, tout ! De l'horloge à la longue-vue, de l'encrier à la tringle à rideaux, de la nappe brodée à la boîte à cigares. Certains vendent du métal, des étoffes de récupération, jusqu'à de vieilles plumes à écrire usagées, des bouteilles vides, des boutons de costumes disparates, des monocles !

Et Salomon, sans savoir pourquoi, aime contempler toutes ces choses qui ont déjà appartenu à quelqu'un. Chacune laisse deviner une histoire. Cette chaînette dorée a été passée par un amoureux autour du cou de sa bien-aimée. Ce couteau à manche de nacre, à lame damasquinée, a peut-être assassiné un homme, à moins qu'il n'ait servi qu'à ouvrir des lettres, à couper des pages de livres... Ces tasses à thé dépareillées, ornées de peintures chinoises, à quel héritage appartenaient-elles avant d'être rejetées, vendues à vil prix ou abandonnées pour rien au chiffonnier de passage ? Ce portefeuille de maroquin, son propriétaire l'a-t-il cédé après s'être ruiné au jeu, pour aller jeter le maigre produit de sa vente sur un ultime tapis vert ? Toute une ville, toute une société, tout un monde vient là déposer ses cannes, jeter ses manteaux, semer ses dentelles, congédier ses pantoufles, vider ses tiroirs, se délester de ses souvenirs... Et toute la magie de ces étalages hétéroclites, de ces empilements hasardeux, de ces réunions insolites, de ces collections disparates tient au fait que chacun de ces objets reprend vie. Demande une autre vie. Et, tôt ou tard, la trouve. Ce que les uns ont dédaigné, d'autres s'en empareront. Ce qui fut objet de lassitude ou de dégoût deviendra source de désir ou de convoitise. Ce qui encombrait la maison de l'un ornera la maison de l'autre.

Et c'est cette vie mystérieuse qui fascine Salomon.

C'était un poète, mon père.

Les galopades à travers la ville, les descentes vers le port, la rue Hadji Ali le soir après l'école, emplie de conversations et de bonnes odeurs de cuisine... Le ciel de Constantinople, Joseph et Cadoune, le rabbin Moreno, le sultan dans son palais... L'île des Princes, au loin, dans la brume bleue du Bosphore, comme un symbole du vaste monde, du futur, des royaumes enchantés que l'on ne doute pas d'atteindre un jour... Azrak, Candi et Salomon ont l'âge où tout semble éternel et protecteur. Leur univers est autour d'eux comme une grande maison familière. On se souvient plus tard avec nostalgie de ces temps de l'enfance, et même leurs petits soucis – une bêtise faite et qu'il faut cacher, une leçon mal apprise – paraissent des bonheurs en regard des chagrins, des déceptions, des fardeaux de la vie d'adulte.

Le plus bel exploit des trois Princes fut assurément leur visite du harem.

Lequel avait eu l'idée ? D'après quelle rumeur surprise, quel propos d'un plus grand, quel « renseignement » incroyable et précieux ? En tout cas, ils l'avaient eue, cette idée.

Je n'ai pas encore parlé du grand-père maternel de Salomon. C'était pourtant, lui aussi, un des grands personnages de la rue Hadji Ali, pour une raison bien simple : il avait ses entrées au palais impérial de Topkapi.

Le palais – le sérail – de Topkapi, cette énorme cité administrative édifiée sur le plus impressionnant promontoire de Constantinople, l'ancienne acropole de Byzance, dominant à la fois la Corne d'Or, le Bosphore et la mer de Marmara ; ce labyrinthe de salles et d'appartements ceint de murs, jalousement gardé, où quelque dix mille personnes s'activaient chaque jour – soldats, serviteurs, jardiniers, palefreniers, musiciens, eunuques, intendants... –, cet antre des Grands Seigneurs ottomans qui avait vu, depuis quatre siècles, tant d'intrigues, de complots, d'empoisonnements, d'orgies et de crimes, ouvrait chaque jour ses portes au grand-père de Salomon !

Abraham Mishahi – que tout le quartier de Béréket Zadé appelait Aga Mishahi, c'est-à-dire « Maître » ou « Vénérable » – n'était autre que le chef cuisinier de Sa Majesté. Une très haute charge, que les Mishahi se transmettaient depuis des siècles de père en fils, et une responsabilité non moins haute, car on se doute que les Abdul-Hamid et autres Mehmet ne se nourrissaient pas de steak-frites, et que leur causer le plus léger trouble digestif pouvait passer pour un crime d'État. Aussi, quand Aga Mishahi sortait de sa maison, toute la rue le regardait passer, tant on était fier d'avoir un tel personnage pour voisin. Très conscient de son importance, il revêtait les jours de réceptions et de solennités un magnifique habit d'apparat qui le faisait ressembler à un grand dignitaire de l'Empire, avec une médaille accrochée sur sa poitrine, elle-même barrée d'un large ruban de je ne sais plus quel Ordre. Et c'était alors un spectacle inoubliable que de le voir fouler, majestueux, les humbles pavés inégaux de la rue Hadji Ali.

À ses heures de détente, il aimait à rassembler ses enfants et petits-enfants autour de lui pour leur conter les aventures extraordinaires vécues dans les palais du Sultan, ou dont il avait été le témoin. D'effrayants mystères se laissaient entrevoir, des secrets d'État étaient effleurés, l'existence voluptueuse et raffinée des grands de la Cour se déployait comme un tableau.

Il y a gros à parier qu'en réalité le royaume du brave homme s'arrêtait à la porte des cuisines, et que ce qu'il savait des affaires de la Cour, pour être parvenu jusqu'à lui, devait relever des secrets de Polichinelle. Mais pour les âmes enfantines de Salomon, de ses frères et sœurs, de ses amis, tout ce que contait Aga Mishahi ne soulevait pas plus de doute qu'une page de la Bible.

Comment les trois gamins parvinrent-ils à obtenir qu'il veuille bien leur permettre de l'accompagner au palais ? Voilà ce qu'on ne saura jamais. D'autant plus que ce n'était pas un caractère facile, le vieil Abraham, en particulier pour tout ce qui concernait la charge très enviée qu'il détenait. Mais quoi ? On est grand-père, et on finit par se laisser attendrir... Après des mois et des mois de siège et de bonnes notes à l'école, Aga Mishahi fut vaincu. Il consentit à emmener au palais Salomon et ses amis.

La veille du grand jour, et le matin encore, ils furent longuement accablés de recommandations, d'avertissements, de conseils et de sévères mises en garde. Leur tenue devait être irréprochable, leur comportement parfait et la plus grande discrétion devrait guider leurs moindres gestes.

Salomon, Azrak et Candi promirent, jurèrent tout ce qu'il voulait. On partit, on traversa la Corne d'Or, on monta vers le sérail, on franchit la Porte impériale, on traversa la vaste cour, on admira de l'extérieur le pavillon des audiences, on gagna les cuisines...

On y était !

Et là, une fois le grand-père Abraham absorbé dans ses fourneaux et ses marmites, on put en venir à la partie essentielle du plan, celle dont Aga Mishahi, naturellement, ne pouvait soupçonner l'existence : entrer dans le harem, et essayer de voir les femmes du Sultan.

Pensez donc ! On disait que, dans le harem, des dizaines et des dizaines de femmes, choisies parmi les plus belles de toutes les provinces de l'Empire, vivaient à peu près nues parmi tentures et coussins, passant leur temps à se couvrir d'onguents, à se parfumer, à se coiffer, chacune dans l'espoir d'être celle que le Maître préférerait... Une vision incroyable, dépassant tout ce que Candi, Azrak et Salomon pouvaient même se figurer !

Comment avaient-ils appris de quel côté des bâtiments se trouvait la cité des femmes ? Voilà encore ce que j'ignore. Mais ils devaient bien le savoir, puisqu'ils parvinrent sans encombre au pied d'un mur qu'il suffisait de franchir en se faisant la courte échelle pour se trouver, en effet, dans le harem.

Ce qu'ils ne savaient peut-être pas, c'est qu'ils se disposaient à commettre le sacrilège des sacrilèges. Du moins n'en percevaient-ils pas l'ampleur.

Ils comprirent vite. Les trois sacripants n'étaient pas parvenus au sommet du mur qu'ils furent empoignés sans ménagement par les gigantesques eunuques du souverain, surgis Dieu sait d'où, et amenés *manu militari* devant le pacha commandant de la Garde impériale.

C'était un énorme soldat ventru, enveloppé dans un pantalon bouffant et une longue veste brodée d'or, le sabre passé dans la ceinture, un turban immaculé sur la tête, le visage barré d'une gigantesque et menaçante moustache.

À peine les garçons avaient-ils eu le temps de comprendre ce qui leur arrivait que paraissait à la porte, encadré par deux gardes, le grand-père Abraham, qu'on était allé chercher.

À sa mine pâle d'effroi, au regard inexprimable qu'il leur lança, ils comprirent qu'ils venaient de commettre un acte épouvantable.

Avoir cherché à approcher les femmes du Sultan ! C'était un scandale, une insolence sans pareille, un crime de lèse-majesté.

– Ils vont peut-être nous les couper, souffla Azrak terrifié à ses deux amis.

Aga Mishahi fut sommé d'expliquer ce qu'ils faisaient là. Il se répandit en imprécations et en supplications. Il était déshonoré ! Jamais il ne se pardonnerait une telle chose. Il était un misérable. Indigne à tout jamais d'effleurer ne fût-ce que l'écorce d'une pastèque destinée à Sa Majesté impériale. Quant à ces misérables garnements, ils méritaient les pires peines, le fouet, la prison, le bannissement, le pilori, le bûcher ! À moins naturellement que, dans son immense miséricorde, Sa Hautesse ne voulût bien tenir compte de leur très jeune âge... Auquel cas il se chargerait lui-même de les châtier comme il convenait, et serait toute sa vie le très fidèle serviteur prosterné aux pieds de Sa Hautesse...

Bref : Aga Mishahi vivait une des pires humiliations de son existence, et assurément une des plus grandes terreurs.

Mais ils étaient tombés sur un pacha débonnaire. Les contorsions et objurgations du malheureux homme l'attendrirent et parvinrent même à le faire sourire. Aga Mishahi fut renvoyé à ses fourneaux, les trois garçons furent incarcérés quelques heures, après quoi ils furent raccompagnés vers la Porte impériale, avec l'avertissement ferme et solennel que si jamais on les revoyait à moins de cent pas du mur d'enceinte, ils seraient décapités à la hache dans la cour des Janissaires, et leurs têtes exposées sur les créneaux du sérail.

Le retour des trois Princes rue Hadji Ali fut une rude épreuve. Ils durent demander pardon et aller se coucher sans manger. Le lendemain, le rabbin Moreno les entretint longuement de la parole donnée, leur fit valoir quels risques terribles ils avaient fait courir à leur aïeul vénérable... Curieusement, le grand-père Mishahi fut le seul à ne pas se fâcher, soulagé sans doute par l'issue de l'aventure et, qui sait, secrètement admiratif.

Ils n'avaient pas vu les femmes du Sultan, mais ils avaient vu le pacha, émanation et reflet de cette autorité quasi divine, auréolée depuis des siècles par la grandeur de l'Empire et les terribles mystères du palais...

L'histoire avait beaucoup fait rire Malka. Candi, gêné, bouda quelques jours.

Azrak, lui, avait choisi d'assumer sans honte. Il regardait la jeune fille avec un sourire où se lisait du défi. On savait désormais que les trois Princes avaient commencé de jeter l'œil sur les princesses.

La bar-mitsvah[1] de Salomon fut célébrée à quelque temps de son treizième anniversaire dans la petite synagogue, au bout de la rue. Il m'a souvent conté, plus tard, ces fêtes religieuses qui étaient autant d'occasions pour des réjouissances gastronomiques. À Pourim, c'est le sucre qui règne, commémorant la protection qui fut assurée aux Juifs par Esther, épouse du roi de Perse Assuérus. Ah, ces plateaux de Pourim, ces *plétikos*, garnis de confiseries et de gâteaux qui passent de main en main, faisant la joie des enfants... En revanche, pour la Pâque, il est interdit de manger de la pâte levée, en souvenir de la traversée du Sinaï pendant laquelle une « manne céleste » de galettes sans levain tomba sur les exilés

1. Cérémonie lors de laquelle le jeune garçon atteint sa majorité religieuse.

et dont ils se nourrirent. Mais il ne faut pas croire que pendant les Seders, les deux premières soirées de cette célébration, on se prive de quoi que ce soit : une fois les prières dites, on mange *moumdedo*, ce qui signifie que tous les aliments sont épluchés et surveillés afin que n'intervienne aucune fermentation. Rien là-dedans d'austère ni de punitif. Toutes ces prescriptions religieuses étaient appliquées joyeusement.

Pour la bar-mitsvah de Salomon, comme pour toutes les occasions analogues, l'ensemble du quartier, Juifs et goyim [1], s'était rassemblé devant la synagogue. La fête des uns c'était aussi la fête des autres. Il y avait une telle foule que beaucoup n'avaient pu entrer. Alors ils demeurèrent dehors comme les autres, à discuter de leurs bonnes ou mauvaises affaires, de leurs enfants et sans doute aussi de leurs filles à marier. Monsieur Ventura, le chantre, fit retentir sa belle voix profonde... Ce fut une bien belle fête pour tout le quartier de Béréket Zadé.

Mais le lendemain une animation singulière s'était fait sentir dans la rue Hadji Ali. Joseph, en quittant la maison pour se rendre à ses affaires, avait vu des attroupements dans la lumière heureuse du matin. Le rabbin Moreno parlait gravement au milieu d'un cercle. Joseph s'était approché.

Le rabbin se tourna vers lui :

– Notre pays entre dans la guerre. Le Sultan est l'allié du Kaiser Guillaume. La mobilisation est décrétée par firman de Sa Hautesse.

---

1. Non Juifs.

*
**

La politique des puissants, c'est la porte par laquelle entrent les ennuis.

Les « Jeunes Turcs », ambitieux et impatients, rêvant de restaurer l'Empire dans sa grandeur perdue, avaient obligé le sultan Mehmet VI, tout aussi insignifiant et faible que son prédécesseur le numéro V, à ranger son empire aux côtés de l'Allemagne du Kaiser Guillaume II.

Personne n'avait aimé cette alliance, pas plus la communauté juive que les autres.

Mehmet VI ne pouvait pas deviner que quelques années plus tard, cette décision allait lui coûter son trône, et à son peuple bien des malheurs. Personne ne pouvait deviner les millions de morts, les empires écroulés, de Pétersbourg à Berlin, de Vienne à Constantinople...

On vit les troupes armées se mettre en route, les généraux empanachés caracolant en tête, emblèmes éternels de l'éternelle connerie humaine.

Les hommes manquèrent dans les foyers.

Salomon et ses amis, trop jeunes pour aller se battre, étaient assez grands pour travailler à leur tour et aider leurs familles. C'est ainsi que leur voisin Mehemet Abdul, qui était devenu un adolescent maigre et vigoureux, embrassa la profession de portefaix. Son instrument de travail s'appelait un samari. C'était une sorte de hotte que l'on accrochait sur le dos par des courroies, et que l'on emplissait de paquets ou de marchandises. Chaque matin il allait se poster à la gare de Sirkeci d'où les trains partaient à travers la Turquie vers l'Autriche-Hongrie et plus loin encore. Là il était sûr de trouver des clients.

Salomon, quant à lui, fut chargé de vendre des *boyos*, des boulettes de viande aux herbes que préparait sa mère. Lui aussi se postait du côté de la gare, à moins que ses pas ne le ramènent vers ce Grand Bazar qui le fascinait tant. Parfois Mehemet l'accompagnait. Ayant quelques années de plus, il voyait bien les jolies dames qui dévisageaient Salomon en souriant. C'est qu'à treize ou quatorze ans, celui-ci avait déjà l'air d'un homme, brun avec des yeux au noir profond. Et peut-être quelques-unes de ces passantes pouvaient-elles rêver de s'y noyer. Mais l'intéressé ne remarquait rien. Durant toute sa vie les femmes s'enticheraient de Salomon, bien qu'il ne les provoque jamais.

Pas plus qu'aux belles étrangères, Salomon ne s'intéressait beaucoup à ces fameux *boyos*, pourtant délicieux, qu'il était censé vendre. La plupart du temps il en ramenait la moitié rue Hadji Ali. Rien à faire : c'est le Grand Bazar qui l'attirait. Pour s'y trouver le plus souvent possible, et gagner quelques piécettes, il s'ingéniait à rendre des services. Il avait eu l'idée d'apporter le café dans les boutiques, pour le patron ou pour les clients. Le café avait tout le temps de tiédir, car Salomon profitait de la course pour se promener.

En retournant contempler ses chers étalages de brocante, il ne manquait jamais de passer par la « rue de l'or », comme il l'appelait.

La rue de l'or, c'était le quartier des orfèvres. Imaginez une interminable galerie à la voûte en plein cintre où chaque boutique étincelante d'or et de bijoux côtoyait une autre boutique tout aussi étincelante d'or et de bijoux, et cela jusque dans un lointain où la foule elle-même n'était plus qu'une bigarrure brassant les vert pomme, les bleu ciel, les rose-mauve des *feredgés* des femmes et les couleurs plus tranchées des vêtements masculins.

Cette rue magique étalait aux yeux du jeune garçon des beautés qui lui paraissaient fabuleuses. Jeu d'apparences : il y avait bien des trésors dans ce quartier, mais ceux dont regorgeaient les devantures n'avaient de valeur que leurs brillants reflets. C'était dans le secret des arrière-boutiques que se trouvaient les vraies richesses, les pierres précieuses, l'argent, l'or, à l'abri d'énormes portes de fer et de coffres intransportables.

Le plateau à café à bout de bras, Salomon avançait dans ce fleuve de lumière, flottant dans cette source d'or qui ruisselait jusqu'à l'infini de son rêve. Les musiques psalmodiées par des instruments de fortune, les cris des portefaix, le bruit de leurs chariots aux roues cerclées de métal, les appels des marchands, les offres des acheteurs, le chant des oiseaux dont les cages se balançaient aux portes des boutiques, tout cela composait une symphonie dont les âmes sensibles se grisaient.

Salomon circulait avec une aisance parfaite dans ce labyrinthe enivrant, parmi les tissus, les vêtements de cuir, les tapis, les objets de cuivre, d'or ou d'argent, qui côtoyaient ces bibelots bon marché qui semblaient ne pas avoir d'autre fonction que d'attirer le regard sur les choses précieuses que la plupart des promeneurs ne pourraient jamais s'offrir.

Et ce monde répandait des parfums qui n'étaient

qu'à lui, comme si quelque Schéhérazade était venue en secret marier ses chimères aux rues ensorcelantes de cette nouvelle caverne d'Ali Baba.

Au fond, rien d'étonnant à ce que mon père ait fait plus tard du marché « Vernaison » à Paris sa vie, son décor, son univers : c'était un reflet du monde de son enfance.

Lorsque ses parents s'aperçurent que non seulement le petit commerce des *boyos* ne leur rapportait rien, mais qu'en plus ils étaient obligés de les manger eux-mêmes tout au long de la semaine, ils conseillèrent vivement à leur fils d'exercer un autre métier.

Cadoune tressait de jolis paniers avec des brins d'osier ; Salomon irait les vendre sur le port.

Il y remporta son petit succès, moins pour sa marchandise qu'à cause d'un perroquet, qu'un marin italien lui avait échangé un jour contre je ne sais plus quoi. Il portait sur l'épaule sa bestiole, qui n'arrêtait pas de crier et d'invectiver tous ceux qui n'avaient pas l'heur de lui plaire, pour la plus grande joie d'Azrak, de Candi et de Mehemet Abdul. Aucun d'eux ne comprenait un mot de ce que hurlait le perroquet. Pourquoi les femmes, en particulier, s'enfuyaient-elles en se bouchant les oreilles avec des airs horrifiés ? L'animal proférait-il des menaces de mort ? L'énigme dura jusqu'au jour où, le marin italien étant à nouveau de passage, Salomon eut la curiosité de lui demander ce que racontait cet oiseau.

Le bonhomme fit des manières. Il ne voulait rien dire, trouvait mille prétextes pour parler d'autre chose. Salomon insista tant qu'il finit par se décider, mais à la condition que Salomon lui jure de le garder pour lui. Salomon jura et le marin lui avoua que son perroquet avait passé des années dans un des plus ignobles bordels de Naples, et que ce qu'il criait si fort, lui-même n'oserait jamais le répéter.

Le perroquet répétait les invites, les jurons et les obscénités des putains napolitaines dans plusieurs langues !

Ainsi la vie continuait-elle rue Hadji Ali, malgré les jours noirs, lorsque par exemple un militaire venait apporter un de ces tristes plis officiels qui annonçaient la « mort glorieuse au champ d'honneur » du fils d'un ami ou d'un voisin.

Il en arrivait de plus en plus souvent. Malgré les nouvelles optimistes des journaux, on commençait à parler de morts par centaines de milliers.

Le rabbin Moreno s'était d'abord inquiété à cause de son neveu, Erchel. Erchel Rubinstein avait grandi à Odessa, mais n'avait pas voulu quitter la Russie. Passionné par la mer, il avait adopté une identité russe : Ivan Marchenko. Il avait ainsi pu entrer à l'École navale d'Odessa pour assouvir sa passion. Il servait à présent sur la ligne Odessa-Constantinople-Marseille. C'était un beau garçon de vingt-cinq ans, et le rabbin, qui le considérait pratiquement comme un fils, avait redouté que la guerre ne le privât de son gagne-pain – et ne mît un terme aux visites régulières qu'il lui rendait lors de ses escales. Mais pour le moment le trafic continuait.

– La Russie et la France sont alliées, expliquait le religieux à Joseph et Cadoune. Alors il y a toujours des bateaux, et ici les autorités savent que l'Empire a besoin d'acheter et de vendre...

– Eh ! s'exclamait Joseph. C'est que le commerce,

tout le monde en a besoin ! Moi je dis : le commerce, c'est la paix entre les hommes.

Le rabbin Moreno approuvait cette sage parole. Personne, sauf peut-être Cadoune, ne s'apercevait que Malka, en écoutant cette conversation de toutes ses oreilles, regardait ailleurs.

La vie continuait parce qu'il fallait bien qu'elle continuât. La vie continuait parce qu'on mangeait, travaillait, dormait, mourait...

Aimait.

Ce fut dans cette période-là que Candi, un jour, proposa à Malka de venir se promener avec lui. Elle aimait bien Candi, sa douceur, sa timidité. Elle avait confiance en lui.

– Viens, lui dit-il ce jour-là, je vais te montrer quelque chose...

Il l'entraîna dans les ruelles, franchit un passage, ouvrit une vieille porte oubliée dans un recoin sombre, alluma une lampe à pétrole qu'il avait emportée.

Elle le regarda, inquiète :

– Mais qu'y a-t-il, là-dedans ?

– Tu as peur ? Tu sais, si tu risquais quoi que ce soit, je ne t'emmènerais pas.

Elle se laissa convaincre. Tenant bien haut sa lampe, et serrant de l'autre main la main de Malka, l'adolescent commença à descendre un escalier.

Après une descente qui parut interminable à la jeune fille, il s'arrêta enfin.

– Voilà, dit-il. Regarde !

Ils se trouvaient sur une sorte de quai de pierre

humide. Il leva bien haut sa lampe, faisant coulisser le volet semi-cylindrique pour qu'ils ne soient pas éblouis.

À leur pieds, de l'eau venait clapoter dans un ruissellement très doux, pareil à des vêtements de soie que l'on frotterait légèrement l'un contre l'autre...

Mais c'est en levant les yeux qu'on pouvait voir un spectacle extraordinaire. La lumière vacillante de la lampe à pétrole dévoilait une gigantesque futaie, formée de centaines de colonnes dont le piédestal semblait danser dans les reflets, sous les voûtes de briques roses qui se perdaient dans l'ombre.

Ils étaient dans Binbidirek Sarnici, le palais englouti, la citerne aux mille colonnes, à quarante pieds sous terre, où depuis l'époque byzantine les multiples sources proches de la mer Noire viennent se déverser pour alimenter la ville.

Malka écarquillait les yeux.

– C'est magnifique, murmura-t-elle. Comment connais-tu cet endroit ?

Il sourit doucement.

– Je l'ai découvert tout seul. Personne n'a l'air de s'être aperçu que cette vieille porte ne ferme pas.

Elle admirait en silence. Puis elle se tourna vers lui, saisie d'une prémonition.

Il la regardait en effet, les yeux brillants. Elle baissait la tête.

– Je voudrais t'embrasser, Malka.

– C'est pour ça que tu m'as amenée ici ?

– Non... Je voulais te montrer... C'est tout...

Il s'approcha. Elle posa doucement une main sur son bras pour le retenir.

– Candi... Tu es mon ami... Rien d'autre, veux-tu ?

– Tu préfères Azrak.

La voix était devenue sombre, douloureuse.

– Mais non... Pourquoi dis-tu cela ? Lui aussi est un ami, et je ne veux pas que ce soit différent... Remontons, veux-tu ?

Il hocha la tête tristement. Sans un mot, il se détourna et lui éclaira le chemin en direction de l'escalier.

Il l'avait menée là comme s'il avait voulu lui ouvrir les portes de lui-même ; comme on livre le secret d'un trésor. Elle n'en avait pas voulu...

De la guerre, personne à Béréket Zadé ne savait en fait rien de précis. Les journaux n'en finissaient pas de célébrer l'héroïsme des soldats, la grandeur de la patrie et l'importance de nos victoires. Mais les blessés revenus du front disaient autre chose. À voix basse, ils témoignaient d'une boucherie comme on n'en avait encore jamais vu.

Un matin, on apprit la mort, en France, du lieutenant Nissim. C'était le dernier comte de Camondo. Il était aviateur.

C'est dans cette période-là que la propagande officielle commença d'incriminer les « traîtres » arméniens. La vérité, on la connut plus tard : comme l'armée subissait revers sur défaites, et qu'il fallait bien en trouver la raison, les dirigeants avaient cherché des coupables. Les Arméniens : n'étaient-ils pas toujours suspects, ces « chiens d'infidèles », de vouloir constituer une nation indépendante et choisissant librement son destin ? Ne jouaient-ils pas le jeu de l'ennemi russe afin d'aider au démantèlement de l'Empire ?

Ainsi commencèrent les atrocités de 1915-1916.

Rue Hadji Ali, les quelques nouvelles qui parvenaient de ces massacres répandaient une consternation muette et presque superstitieuse. Beaucoup de ces Juifs gardaient le souvenir tragique des pogroms. Et les autres savaient que des siècles plus tôt ils avaient été ignominieusement chassés d'Espagne. Chrétiens, musulmans, juifs : quand on commençait à se haïr au nom de Dieu, on savait comment ça finissait.

Je ne suis pas sûr pour autant que ces gens simples, dont le souci principal était de gagner leur pitance du lendemain, aient pris conscience de tout ce qu'annonçait le génocide arménien. Il régnait une sorte de fatalisme en ce temps-là. Les sultans avaient tant de fois versé le sang au cours des siècles, empalé, brûlé, égorgé, incendié... Mes grands-parents avaient-ils entendu parler de l'affaire Dreyfus en France ? Savaient-ils que déjà Théodore Herzl, comme s'il pressentait les horreurs futures, se battait pour fonder quelque part dans le monde un État juif ?

Le temps des grands crimes d'État, des grandes terreurs de masse approchait. Cette guerre monstrueuse où l'on avait jeté les peuples n'en était-elle pas le premier acte ? Une ère s'ouvrait, qui n'est pas finie, où l'on déciderait parfois de tuer par milliers, par centaines de milliers, des hommes, des femmes, des enfants désarmés... Mes grands-parents entendaient-ils le train fou de l'Histoire s'avancer vers eux en faisant trembler la terre ?

*
**

L'affrontement d'Azrak et de Candi eut lieu un soir où l'on dansait rue Hadji Ali.

Était-ce à l'occasion d'une naissance ? d'un mariage ? Je ne sais pas. Je ne sais que ce que m'a dit mon père de la scène étrange et pénible qui se déroula.

Ce soir-là Azrak dansait, et il dansait merveilleusement... Il était doué pour ça. Plus tard, à Paris, il initierait mon père, afin d'aller ensemble séduire les filles dans les guinguettes des bords de Marne ou les bals de la « Bastoche ».

Donc, Azrak dansait, ce soir-là, sur la petite place vers le haut de la rue où s'était constitué un orchestre de fortune, un accordéon, un violon, quelques castagnettes, héritage espagnol. Il dansait comme un jeune dieu antique, et tout le monde s'était interrompu un instant pour regarder. Alors, sans cesser de danser, il s'approcha de Malka, toute belle dans sa robe un peu gitane ; il lui prit la main et l'entraîna.

La jeune fille se laissa mener en souriant, et bientôt on admira ce beau couple tournoyant, virevoltant, radieux.

On vit alors s'avancer Candi, pâle et tremblant. Il s'arrêta devant eux. Manifestement il ne pouvait pas supporter ce qu'il voyait. Leur complicité. Le talent de danseur d'Azrak qui faisait tourner la tête aux filles.

On craignit un incident. Malka parut hésiter, marqua le pas. Mais Azrak l'entraîna de nouveau, s'éloignant de Candi.

Alors celui-ci recula et s'effaça dans l'ombre.

Et l'on entendit soudain un gémissement.

Candi avait saisi sur un brasero une poignée de charbons ardents. Il la serrait à présent dans sa main nue.

Malka poussa un cri. Déjà Candi ne parvenait plus à supporter l'intense brûlure ; alors, avec un regard éperdu, en grimaçant, il jeta devant lui les charbons qui s'émiettèrent en une poussière rougeoyante.

Il tourna les talons et s'enfuit.

Le lendemain, le rabbin Moreno prit tour à tour à part Azrak, Candi et Malka, et même Salomon. Il faisait son enquête.

Malka ne comprenait pas la réaction du malheureux :

– Il n'a pas à être jaloux d'Azrak. Il ne se passe rien entre Azrak et moi. J'ai seulement eu envie de danser. Est-ce un crime ?

Le rabbin hochait pensivement la tête.

– Peut-être l'as-tu fait de façon trop voyante, comme si tu voulais qu'on te regarde... Tu dois savoir qu'à ton âge, une jeune fille peut bouleverser le cœur et l'âme des hommes... C'est pourquoi la pudeur est nécessaire.

– Mais Azrak regarde toutes les filles ! Pas plus moi qu'une autre.

– Je sais, Malka. Peut-être est-ce précisément une raison pour ne pas te laisser approcher par lui.

Malka se taisait, les yeux baissés.

C'était vrai qu'Azrak courait après toutes les filles. C'était un beau garçon joyeux qui rêvait d'amours faciles. Candi était d'un autre genre. Le rabbin Moreno confia le même jour à Cadoune que Candi l'inquiétait. Son geste avait été un geste de désespoir et de violence tourné contre lui-même.

Candi et Azrak ne furent plus les amis qu'ils avaient toujours été. Salomon s'en désolait, d'autant plus que sa sœur était la raison de leur brouille...

Ce dont personne ne pouvait se douter, c'est que Malka, elle, n'avait pas livré son secret. Ni au rabbin Moreno, ni à personne d'autre. Surtout pas au rabbin Moreno...

Azrak ne devait plus très longtemps gêner Candi. Il arrivait à l'âge où il allait être envoyé au service militaire, qui, en ce temps-là, dans l'armée turque, durait six ans. Six ans absurdes, car en tant que Juif, il n'aurait même pas le droit de porter un fusil. Ne lui reviendraient que les travaux subalternes, les corvées.

Mais il ne se retrouva jamais sous les drapeaux. Le lendemain du jour où parvint chez mes grands-parents l'ordre de mobilisation, Azrak avait disparu.

Comment avait-il fait ? Où était-il passé ? Mystère !

Les commissaires du recrutement, ne le voyant pas arriver à la caserne, se rendirent à Béréket Zadé, menèrent l'enquête dans tout le quartier. En vain. Azrak fut déclaré déserteur.

Mon père ne devait connaître que bien plus tard le secret de cette disparition. Ce fut Candi qui le découvrit le premier.

Le malheureux Candi était allé se faire « ôter le feu » par une vieille Bulgare du voisinage, réputée pour l'efficacité de ses incantations. Le fait est que toute trace de ses brûlures avait disparu. Depuis cet épisode, silencieux, il vaquait à ses occupations. Même Salomon ne parvenait pas à lui soutirer la moindre confidence.

Mais Candi pensait toujours à Malka. Il la regardait tant qu'il fut le seul à s'apercevoir de mystérieuses absences de la jeune fille, dans les jours qui suivirent la disparition d'Azrak.

Elle quittait la maison de Cadoune et Joseph, au moment où le quartier s'assoupissait dans la sieste, et disparaissait dans les ruelles, emportant sous son bras des choses enveloppées dans un torchon.

Un après-midi, comme elle passait, furtive, sans l'avoir vu, Candi la suivit, se coulant contre les murs.

Il crut deviner bientôt où elle allait. Et en effet, à mesure qu'elle tournait et retournait dans les ruelles enchevêtrées, il comprit qu'il avait vu juste. Elle entra dans un certain passage, se dirigea droit vers une certaine vieille porte...

Binbidirek Sarnici. La citerne aux mille colonnes, qu'il lui avait fait découvrir quelques mois plus tôt...

Il n'eut pas à attendre bien longtemps. Moins d'une demi-heure après, la jeune fille réapparut à la porte, jetant des coups d'œil inquiets, et sursauta en se trouvant face à face avec lui.

– De quoi as-tu peur, Malka ? Ne sommes-nous pas de bons amis ?

La voix était imprégnée d'une ironie sans joie.

– Je sais ce que tu viens faire ici, ajouta-t-il.

Le lendemain de ce jour, les sergents-recruteurs refirent une tournée à Béréket Zadé et vinrent demander à Cadoune si elle n'avait toujours pas de nouvelles à donner du nommé Azrak. Non, elle n'en avait pas.

Sur le pas de la porte du numéro 17, les deux pandores notèrent consciencieusement le procès-verbal de cette deuxième visite. Malka s'était approchée. Elle eut un coup au cœur en voyant, de l'autre côté de la rue, Candi appuyé au mur, qui mâchonnait nonchalamment un cure-dents. L'un des policiers militaires s'avisa de sa présence et se tourna vers lui :

– Toi, je te reconnais... Tu as admis l'autre jour que tu étais un ami de celui que nous cherchons. Tu es sûr que tu ne sais pas où il est ?

Malka, toute pâle, retenait sa respiration. Il y eut un long silence. Puis Candi hocha gravement la tête en signe de dénégation. Après quoi il s'éloigna, sans un regard pour la jeune fille.

Elle laissa échapper un long soupir. Il n'avait pas trahi.

N'empêche qu'il fallait maintenant agir vite. Azrak ne pourrait pas demeurer bien longtemps dans l'inconfort de l'obscur palais souterrain où clapotaient les eaux de Constantinople.

Malka s'en fut voir le rabbin Moreno. En sa qualité de chef spirituel du quartier, celui-ci était, bien évidemment, au courant de cette disparition soudaine.

– Je sais où se trouve Azrak, lui dit-elle. J'ai maintenant besoin de votre aide.

Le vieil homme la regardait d'un œil perçant.

– Azrak s'est mis dans un très mauvais cas, dit-il. Les déserteurs sont sévèrement punis. Ils peuvent même être fusillés. Les autorités ne s'encombreront pas de clémence à l'égard d'un petit Juif.

– Justement. Il doit quitter le pays.

– Mais, ma petite, cela est impossible !

– C'est possible, rabbin. Je sais comment faire. Il ne manque qu'une petite somme d'argent pour payer son passage, et pour qu'il ne soit pas complètement démuni une fois là-bas.

– Là-bas ? Où ça, là-bas ?

– En France.

Cette fois-ci le rabbin ouvrait de grands yeux.

– En France ?!!

– Je sais comment le faire embarquer sur un bateau. Il faut soudoyer le chef des machines afin qu'il le fasse passer pour un membre de l'équipage. Azrak pourra débarquer à Marseille. Et de là, il gagnera Paris, où il pourra aller voir la sœur de ma mère.

Le projet n'était pas irréaliste. Là-bas en France, même venant de Turquie, c'est-à-dire d'un pays ennemi, Azrak n'aurait pas de mal à trouver de quoi vivre : les hommes étant au front, le pays avait besoin de bras. Quant à cette sœur de Cadoune à laquelle avait fait allusion Malka, j'aurai l'occasion d'en reparler.

Mais ce ne fut pas cela qui retint l'attention du rabbin Moreno. Il considérait la jeune fille, l'œil soupçonneux.

– Dis-moi, Malka, comment sais-tu tout cela, toi ?

– Quelqu'un me l'a dit.

– Et qui donc ?

Elle hésita longuement, puis releva vers le rabbin un regard à la fois candide et inquiet.

– Erchel.

– Erchel...

Le rabbin la regardait, commençant à deviner.

– Erchel, mon neveu ?

– Oui.

– Malka, tu ne me dis pas tout...

Elle prit une inspiration :

– Eh bien, Erchel et moi, nous nous aimons. Et nous voulons nous marier dès que la guerre sera finie. Oh, rabbin, je vous en prie, il faut aider Azrak à partir d'ici !

C'est ainsi qu'en une minute, le rabbin apprit les amours de son neveu avec la jolie Malka, dont il n'avait rien soupçonné – et se trouva sommé de sauver un déserteur avec l'argent des pauvres !

Il est juste d'ajouter qu'il bénit leur amour (non sans abreuver Malka d'exhortations à être sage), et ne jugea pas comme un péché bien grave de s'être dérobé au devoir militaire.

Deux jours plus tard, le bateau étant arrivé en rade de Constantinople, Azrak put quitter sa cachette afin d'embarquer. Il s'en alla au milieu de la nuit, accompagné du rabbin et de Joseph, sans que Salomon ait pu lui dire adieu.

Salomon et Candi ne parlèrent plus d'Azrak. Et désormais il était officiel que Malka avait choisi l'homme de sa vie.

Leur enfance s'achevait. À peine s'ils y pensaient. À cet âge-là on n'est guère enclin à la nostalgie. On a tout l'avenir devant soi. Ils ne se dirent même pas qu'ils n'iraient jamais ensemble à l'île des Princes.

Déjà, peut-être, dans l'esprit de mon père, un autre rêve remplaçait ce songe de leur enfance. Un autre rêve, peut-être un autre mirage : la France.

*
**

Vint le jour redouté, en effet, où ce fut le tour de Salomon d'être convoqué par les autorités militaires.

Joseph et Cadoune haïssaient la guerre. Comment faire pour que leur fils échappe à la conscription ? Son frère David avait de la chance, si l'on peut dire : il était de santé fragile, l'armée n'avait pas voulu de lui.

On discutait ferme, au 17 rue Hadji Ali :

– Et si Salomon se cachait, lui aussi ?

– Et si l'on disait qu'il est malade, lui aussi ?

– Et s'il désertait ?

Ce fut finalement David qui trouva la solution.

– Pourquoi tu ne files pas en France, comme Azrak ?

Salomon haussait les épaules. Jamais on ne le laisserait sortir du pays alors qu'il était en âge d'aller à l'armée.

Mais David avait une autre idée en tête :

– Si c'est Salomon qui s'en va, tu as raison. Mais si c'est son frère David, alors il n'y a plus de problème, puisqu'il n'est pas mobilisable.

– Mais je ne suis pas toi !

– Prends mes papiers et tu le deviendras !

Un grand silence étonné accueillit cette suggestion. En ce temps-là il n'y avait pas de photo sur les papiers d'identité, en tout cas pas sur ceux de l'Empire ottoman.

– Ce qu'il dit là n'est pas bête du tout, murmura Joseph.

Ils se regardaient. Ils cherchaient la faille. C'était trop facile pour pouvoir marcher. Pourtant si : de quelque manière qu'on l'envisage, l'idée de David tenait debout.

Salomon hésitait. Tout quitter. Dire adieu à sa famille pour Dieu sait combien de temps...

Ce fut Cadoune qui réagit la première. Elle écrasa une larme et prit sa respiration :

– Ton frère a raison, mon petit. Et moi, je préfère encore te savoir loin de moi, qu'apprendre ta mort, ou te voir revenir avec un bras ou une jambe en moins.

– Mais qu'est-ce que je deviendrai, à Paris ?

– Tu ne seras pas seul. Tu auras ma sœur Diamenta, elle pourra t'aider les premiers temps... Et Azrak aussi, peut-être, pour trouver un travail...

Elle se tournait vers son mari, interrogative.

Joseph hocha lentement la tête.

– Je suis d'accord. Salomon doit partir.

Quinze jours plus tard, le temps de réserver une place sur le prochain paquebot, mon père quitta Constantinople pour toujours.

Je ne sais pas trop comment Malka s'y était prise, mais elle avait convaincu ses parents qu'elle devait absolument accompagner son jeune frère, pour veiller à son installation dans la capitale française. Ils voyageraient tout à fait régulièrement sur *L'Arménie*, un bâtiment de la compagnie maritime Paquet.

Mon père ne devait jamais oublier ce départ. Toute la rue Hadji Ali, ou à peu près, avait voulu les accompagner, Malka et lui, jusqu'au quai. Amis et parents refoulaient leurs larmes pour que ce départ soit malgré tout une sorte de fête.

D'ailleurs, c'était un peu leur œuvre : mes grands-parents n'étaient pas riches, et tous avaient mis la main à la poche pour aider à payer les deux billets de bateau. Bien sûr, Salomon et Malka n'allaient pas voyager en première classe, mais ils seraient un petit peu mieux, ou un peu moins mal, comme on voudra, que des émigrants ordinaires.

Deux bonnes heures avant le départ, un attroupement s'était formé devant le 17. Joseph sortit de la maison avec Cadoune qui pleurait. Son mari la rabroua :

– Voyons, grogna-t-il. Pas de larmes ! Il part vers le bonheur, ce petit, puisqu'il part pour la France.

Il disait cela, mais sa lèvre tremblait dans sa barbe. Une vieille voisine qui n'était jamais allée plus loin que la Corne d'Or voulut savoir où ça se trouvait, la France. Alors quelqu'un fit un grand geste du bras qui ne désignait rien et affirma que c'était « par là-bas ».

Le cortège se forma comme pour un mariage ou un enterrement, et l'on prit la direction du port.

Beaucoup avaient mis leurs habits du shabat ou des jours de fête. Mme Ventura, la femme du chantre de la synagogue, portait un chapeau de paille rouge orné d'un bouquet de violettes qui semblaient vraies, tellement elles étaient bien imitées. Elle allait le regretter, car le vent s'était levé. Il venait de partout, par rafales courtes qui soulevaient des tempêtes de poussière et la faisait grimper haut en tourbillons, en chandelles, surtout dans les carrefours.

Les messieurs tenaient leur chech ou leur casquette à deux mains, tandis que les dames ne savaient plus ce qu'il fallait agripper, du chapeau qui risquait de s'envoler, malgré les épingles passées dans les chignons, ou des jupes qui se retroussaient jusqu'à découvrir leurs mollets. Alors c'était des plaisanteries plus ou moins fines qui permettaient, en se forçant un peu, de rire, et d'oublier toute la tristesse de ce départ.

On finit par arriver sur le quai.

Le grand navire était là. Une file de passagers, comme une procession de fourmis, montait déjà par l'échelle de coupée. Les femmes avaient retiré les foulards bigarrés qu'elles portaient autour du cou pour les agiter lorsque *L'Arménie* quitterait le port. Elles pensaient sans doute que ces couleurs, c'était moins triste que des mouchoirs tout blancs.

Lorsque les gémissements du vent cessaient de se faire entendre dans la forêt de mâts des bateaux amarrés plus loin, les bouffées de musique d'un orgue de Barbarie parvenaient jusqu'au groupe. Quand il fut à quelques pas, on put reconnaître les paroles d'une chanson : « La mer immense et généreuse !... » psalmodiait le chanteur en turc. Une de ces chansons populaires dont l'époque avait le secret et qui contait la douleur d'une pauvre maman pleurant son fils, parti en mer et disparu dans un naufrage.

Cadoune fondit en larmes. Joseph lâcha le bras de sa femme et alla glisser un billet ou une pièce dans la main du chanteur qui se tut au milieu d'un mot et partit à grandes enjambées. Cependant Cadoune s'était précipitée dans les bras de son fils en l'adjurant de ne pas partir... Que tout cela était un mauvais présage... Qu'elle le sentait !... Qu'elle en était sûre... Qu'elle ne le reverrait jamais !

Un instant, Salomon fut bien près de lui obéir. Mais Joseph, une fois encore, intervint.

– S'il partait pour la guerre, qu'est-ce que tu dirais !...

Enfin la sirène de *L'Arménie* coupa court aux discussions, de son meuglement déchirant. C'était déjà le troisième appel, le dernier. Il fallait se hâter de monter à bord.

Malka se jeta dans les bras de Joseph, tandis que mon père faisait de même avec sa mère. Il la serra très fort et très longtemps. Puis, presque brutalement, il se sépara d'elle et fit un pas en direction du navire.

Alors, Cadoune le rattrapa par la manche de sa veste et, sur la pointe des pieds, lui dit près de l'oreille en yiddish en le suppliant :

– Salomon, promets-moi une chose...

– Oui maman. Tout ce que tu voudras, répondit-il d'une voix pressée, comme s'il n'en pouvait plus de rester là.

– Si tu dois te marier là-bas, épouse une jeune fille juive.

Salomon déposa un ultime et rapide baiser sur la joue maternelle :

– Je te le promets, maman.

On s'étonnera peut-être, aujourd'hui, d'une telle demande. Pourtant, je sais qu'il n'y avait là aucune animosité à l'égard de qui que ce fût, aucune discrimination envers les femmes d'une autre religion, mais, aux yeux de Cadoune, une garantie de bonheur pour son fils en terre étrangère.

Alors, résignée, elle lâcha la manche de la veste de Salomon qui se dirigea en hâte vers l'échelle de coupée. Les derniers passagers s'engouffrèrent en même temps que lui dans les flancs du navire. On referma derrière eux.

Salomon et Malka s'en furent repérer leurs places, puis, sentant le bateau bouger, se précipitèrent sur la coursive dominant le quai. *L'Arménie* s'était déjà éloigné de quelques mètres. Malka et Simon continuèrent d'agiter bras et mouchoirs, tant qu'ils pouvaient encore distinguer parmi la foule les silhouettes et les visages de ceux qu'ils ne reverraient plus.

Ils s'éloignaient, ils s'éloignaient, dans un mouvement si doux, si insensible qu'on ne s'en rendait pas compte. La même douceur que celle des années qui fuient.

Puis tous ces visages, ces sourires où se mêlaient des larmes disparurent, laissant la place au panorama de Constantinople – le palais de Topkapi, les dômes et les minarets de Sainte-Sophie et de la Mosquée Bleue. Le bateau laissait un vaste sillage blanc sur la mer de Marmara. Peu à peu la ville byzantine ne fut plus qu'une découpure bleuâtre sur le ciel.

Salomon regardait à présent de l'autre côté ; Malka s'en aperçut. Il lui désigna un îlot que l'on doublait :

– L'île des Princes, dit-il en souriant.

Constantinople s'effaçait dans la brume et le passé. Vingt minutes plus tard ce n'était plus qu'un mirage, une petite ligne noire qui elle-même se fondit pour toujours dans les lointains de la côte.

II

LES LUMIÈRES DE PARIS

Malka et Salomon voyageaient en troisième classe : bancs de bois, couchettes minuscules, courants d'air chargés de fumées rabattues par le vent... Cet inconfort ne les gênait pas. Ils étaient jeunes, et ils partaient pour leur premier grand voyage. Le chagrin du départ fut bien vite oublié et ils ne virent plus dans cette journée que les belles couleurs de l'aventure.

Un grand pays les attendait là-bas de l'autre côté de la mer. Un pays encore en guerre, c'est vrai, mais dont beaucoup commençaient à dire qu'il en sortirait vainqueur.

Salomon prit sa sœur par la taille et la mena tout à l'avant. L'étrave soulevait les vagues, ornant le navire de gigantesques moustaches d'écume. Il pensait à la France. Savoir comment ce serait, là-bas ? L'insouciance et l'appréhension se mêlaient dans son esprit de seize ans. L'impatience, aussi. Il en avait tellement entendu parler !

Peut-être aujourd'hui ne se rend-on plus compte de ce que voulait dire alors le mot France pour les étrangers, les émigrés, les exilés, tous ceux qui n'avaient pas de place dans leur pays ou même sur la terre. C'est devenu naturel aujourd'hui de répéter : la France, terre des Droits de l'homme ! En ce temps-là, c'était un rêve, un eldorado. Le rayonnement de la France dans le monde, surtout aux yeux des pauvres et des opprimés, était incomparable. Ce fut encore plus vrai après 1918 : la République, fille de la grande Révolution, avait vaincu les empires autocratiques du Kaiser et des Habsbourg !

Salomon ne devait jamais chercher à revoir Constantinople. Une double fidélité allait s'imposer à lui : fidélité au souvenir, qu'il voulait conserver intact. Fidélité envers la France qui l'avait accueilli, et où il allait trouver le bonheur. Même s'il devait se révéler par la suite que ce pays pouvait cesser d'être une terre d'accueil et de liberté.

Sur le pont du navire, il prit une décision. Puisqu'il allait vivre en France, il ne se nommerait plus Salomon, mais Simon. Un symbole, qui dirait sa volonté de devenir Français, et serait comme un baptême.

*
**

Marseille ne les dépaysa pas trop. Il y a une parenté entre tous les grands ports de la Méditerranée, qu'ils aient nom Istanbul, Gênes, Barcelone ou Marseille... Les vieilles maisons du port, les collines qui enserrent la ville, l'animation bruyante des rues, rien de tout cela ne leur était vraiment étranger.

Mais il fallut bien vite prendre le chemin de la gare Saint-Charles, et, dans le rythme lourd et régulier du train qui filait vers le nord, ce fut vraiment un pays nouveau qui leur apparut. Ils regardaient, étonnés, les cultures bordées de cyprès de la Provence, puis, sur le Rhône gris fer, les lentes péniches qui transportaient le charbon, le bois, les briques.

Ce furent ensuite les coteaux du Mâconnais et de la Bourgogne, sillonnés des plants de vigne soigneusement alignés. Puis les localités et les maisons se firent plus nombreuses, des usines surgirent. Des faubourgs. Le train ralentissait.

On entrait dans Paris.

En sortant de la gare de Lyon, ce qui les frappa le plus fut que les murs de Paris étaient noirs. Que le ciel fût gris, rien de surprenant ; ils se doutaient bien qu'ils ne retrouveraient pas la lumière diaphane de Constantinople. Mais pour le reste... Cette ville dont ils avaient tant rêvé avait la couleur même de la tristesse. Constantinople était sale, mais Paris était sombre et désolant.

Rien ne fut aussi simple qu'ils l'avaient imaginé. Paris, dans leur imagination, c'était la tour Eiffel. Ils s'étonnaient de ne pas la voir. Ils ne possédaient qu'un tout petit peu d'argent français que Joseph et Cadoune s'étaient procuré Dieu sait comment, et dont ils ignoraient la valeur. Ils regardaient ces pièces et ces billets dans le creux de leur main. Avaient-ils seulement de quoi prendre l'autobus ? Et puis il y avait le métro, ce mystérieux métro signalé par ses portiques tarabiscotés. Oseraient-ils descendre dans ces antres souterrains ? Et quelle ligne prendre ?

Aucun bus n'allait directement rue Championnet, où habitait la sœur de Cadoune, et ils ne comprenaient rien aux lettres qui ornaient le haut de leur toit. Les taxis étant évidemment exclus, ils se résignèrent à essayer le métro.

Il y avait à l'époque deux compagnies : le Chemin de fer métropolitain de Paris et le Nord-Sud. On passait de l'une à l'autre par des couloirs de correspondance avec le même ticket. Après s'être trompés dix fois, ils finirent par débarquer à la station Carrefour-Marcadet qui, après la Seconde Guerre, devait s'appeler Guy-Môquet, et ils arrivèrent enfin chez la tante Diamenta, plus rompus par leur odyssée parisienne que par la traversée d'Istanbul à Marseille.

– Mes enfants ! Mes enfants ! Alors vous voilà donc...

Elle les regardait de tous ses yeux, émerveillée.

– Mes neveux... Salomon, Malka...

Elle appela :

– Mordechaï ! Mais où est donc Mordechaï ? Mordechaï ! Encore parti, celui-là...

C'était une drôle de petite bonne femme fébrile, la tante Diamenta.

Elle n'avait guère de temps à perdre, entourée comme elle l'était par Mordechaï, son mari, bedeau à la synagogue Popincourt, qui avait un goût nettement plus marqué pour la boisson que pour les exercices religieux, et ses quatre fils Robert, Isidore, Salvatore et Michel, qui ne brillaient ni par l'énergie ni par la réussite.

Toujours vêtue de noir, elle parlait le français avec un accent rocailleux comme si elle était née à Perpignan plutôt qu'en Turquie, ce qui avait parfois donné lieu à des méprises assez réjouissantes, comme lorsque de braves femmes lui répondaient dans la langue d'oc, en usage dans le Roussillon.

Vaille que vaille, elle installa les arrivants dans son petit logis. Elle et son mari étaient loin d'être riches, mais on s'arrangea. Elle ne se lassait pas de regarder sa nièce et son neveu.

– Que tu es belle, ma petite Malka... Les yeux de ta mère...

Défilait le chapitre des ressemblances familiales. Puis on en vint aux projets :

– Je veux travailler le plus vite possible, déclara Simon. Je prendrai ce que je trouverai. Puis, quand je gagnerai assez, je me chercherai une chambre à louer.

– Et toi, ma petite Malka ?

– Si ça ne vous gêne pas, tante Diamenta, je resterai jusqu'à ce que Salomon...

– Simon !

– Jusqu'à ce que Simon ait trouvé du travail. Et je visiterai un peu Paris.

Dès le lendemain de leur arrivée, Azrak se présenta rue Championnet. On s'embrassa. On fêta les retrouvailles. Simon était heureux : Azrak était là, toujours souriant, toujours son frère, ou c'était tout comme. Il ne souffrirait pas de la solitude.

C'est peu de temps après leur arrivée qu'éclata la grande nouvelle : l'Allemagne déposait les armes et demandait l'armistice ! Simon et Malka assistèrent, éblouis, à l'explosion de joie des Parisiens. Ils sortirent dans les rues, comme tout le monde, descendirent le boulevard de Magenta, marchèrent sur les boulevards. Les cafés étaient pleins. Des attroupements, des cortèges se formaient. On chantait *La*

Marseillaise. Des femmes riaient en poussant des cris aigus. Des soûlauds braillaient « Vive la France ! » On ne se tuait plus.

Oui, décidément, c'était le pays de l'espoir !

Avec l'insouciance de ses dix-sept ans, Simon se jeta dans cette nouvelle vie.

Assez vite, il fut en état d'apporter rue Championnet de quoi aider à nourrir cette famille toujours un peu sous-alimentée. Grâce à Azrak, qui travaillait chez un matelassier du faubourg Saint-Antoine, et avait déjà noué des relations dans les cafés voisins, il avait dégoté un petit boulot dans le même quartier, comme apprenti chez un forgeron.

Diamenta en conçut aussitôt pour lui une immense reconnaissance et lui voua une grande tendresse ; c'était à se demander si elle ne finissait pas par le préférer à ses fils, très gentils mais fainéants comme des couleuvres, qui ne lui apportaient guère de satisfaction. Avec ses trois sous, Simon apparut presque comme une espèce d'oncle d'Amérique, lui, le neveu de Constantinople.

Au faubourg Saint-Antoine, le travail lui semblait intéressant. On « œuvrait », comme disait le patron, dans la ferronnerie d'art. C'était des rampes d'escalier, des rambardes pour les balcons, des grilles ballantes ou dormantes, des ornements de relevure, des heurtoirs pour les portes anciennes. Un boulot fatigant mais qui, toujours aux dires du patron, « faisait les muscles ». Simon, qui avait un goût inné pour les belles choses, se mit à l'apprentissage avec cœur.

Ce fut une période heureuse : la paix revenue, une ambiance familiale retrouvée dans ce Paris si étranger... Simon, Azrak et Malka firent de grandes promenades, au bord de la Seine, à Montmartre, à la tour Eiffel. Tout les émerveillait. Tout était plus grand, plus majestueux, plus immense qu'ils n'avaient pu le rêver. Champs-Élysées, Louvre, Samaritaine, Notre-Dame... Ces noms célèbres sur toute la planète se matérialisaient devant eux. Malka buvait des yeux tout ce qu'elle voyait, comme si elle voulait imprimer à jamais dans sa mémoire ces images magnifiques.

– Bah, disait Simon, avec ton marin de fiancé, tu reviendras ! Tu vas connaître le monde entier.

En fait, elle ne savait pas encore au juste ce qu'Ivan-Erchel et elle feraient après leur mariage. Là-bas en Russie, les Soviets avaient pris le pouvoir, et beaucoup de gens disaient que régnait une effroyable dictature, que les bolchevicks égorgeaient les riches, les popes, les rabbins... D'autres affirmaient que les légions de Wrangel et Denikine auraient tôt fait de débarrasser la Russie de cette peste. Bref, tout le monde parlait et personne ne savait rien.

Seul Azrak, à leur grande surprise, semblait très sûr de lui :

– N'écoutez pas ce qu'on raconte ! Tu as de la chance, Malka, de pouvoir aller vivre là-bas. Les Soviets sont en train d'en finir avec l'exploitation de l'homme par l'homme, expliquait-il, légèrement sentencieux. En Russie, bientôt, il n'y aura plus de riches ni de pauvres. Tout le monde travaillera selon ses capacités et mangera à sa faim.

Simon et Malka le regardaient avec des yeux ahuris :

– Et comment tu sais tout ça, toi ?

– Je l'ai lu dans *L'Humanité.*

Azrak lisait *L'Humanité* tous les jours, après le travail. Un copain le lui prêtait.

Vint le moment où Malka dut faire ses adieux. La tante Diamenta pleura. Elle s'était attachée à sa nièce. Qui n'aurait pas adoré cette jeune fille gracieuse, raisonnable, gentille, ce qui ne l'empêchait pas d'aimer rire et s'amuser ? Diamenta l'avait déjà adoptée comme si elle était sa fille.

Mais il lui fallut bien se résigner. Elle la serra longuement dans ses bras :

– Sois heureuse, ma petite poulette. Que l'Éternel bénisse votre amour. Oh... Si un jour tu pouvais m'envoyer une photographie... Et peut-être avec ton premier enfant ?

Elle demandait cela comme une faveur immense, exorbitante. Malka promit :

– Pour l'enfant, il faudra peut-être attendre un peu, mais je t'enverrai la photographie de notre mariage.

Le matin du départ, Simon et Azrak, qui avaient obtenu de leurs patrons respectifs une permission spéciale, purent l'accompagner jusqu'à la gare de Lyon.

Ce jour-là, pour la première fois depuis son arrivée en France, Simon eut le cœur gros. Le dernier lien avec son enfance se déchirait. Reverrait-il un jour Malka ? Dans quelle contrée du vaste monde s'en irait-elle vivre avec son Ivan ?

Azrak n'était guère plus joyeux. Bien plus tard, il

devait avouer à mon père que durant ces semaines parisiennes, il avait espéré que Malka oublierait « son navigateur », comme il disait, et resterait là, près d'eux. Ou plus précisément : avec lui. Un soir que Simon, épuisé de travail, était allé se coucher, il avait emmené Malka dans un café. Il lui avait pris la main, il avait voulu l'embrasser.

Malka l'avait gentiment repoussé. Néanmoins il avait espéré encore. Et en ce triste décembre, à la gare de Lyon, voilà qu'il n'y avait, décidément, plus rien à espérer : elle s'en allait pour toujours.

Simon, qui se doutait vaguement de quelque chose, annonça qu'ils avaient le temps avant le départ du train, et qu'il allait acheter du chocolat pour la voyageuse. Il s'éloigna.

Quand ils furent seuls, Malka sourit à Azrak, un peu tristement.

– Je crois que vous serez heureux en France, les Princes ! dit-elle.

– Tu me manqueras.

Le garçon ne souriait pas. Ses yeux s'étaient mouillés. Elle le trouvait beau. Un regard vivant, sensuel. C'était une simple constatation. Elle éprouvait pour lui de la tendresse. Mais son cœur, tout son être, était à un autre.

– Bah, dit-elle, Paris est rempli de filles bien plus jolies que moi... Et elles te regardent toutes ! Tiens : j'ai quelque chose pour toi.

Elle fouilla dans son sac et lui tendit une lettre cachetée.

– Tu l'ouvriras quand je serai partie.

Surpris, Azrak allait poser des questions, mais déjà

Simon revenait, sa tablette de chocolat à la main. Azrak mit la lettre dans sa poche.

« En voiture, en voiture ! » La vapeur sifflait aux essieux du train, le chef de quai circulait avec son petit drapeau, exhortant les voyageurs à ne pas perdre de temps. Malka dut escalader le marchepied. Azrak lui passa sa valise. Ils attendirent un instant puis, par la fenêtre du compartiment, un peu plus loin, elle leur fit signe. Ils coururent vers elle.

– Au revoir !

Elle souriait, mais ils voyaient bien dans ses yeux l'émotion qui lui étreignait le cœur.

Le train s'ébranlait, dans un vacarme de vapeur et des grincements de roues.

Sa jolie tête brune penchée à la portière du wagon, elle leur adressa encore un grand sourire plein de chaleur et d'amour. Ils trottèrent à la suite du train, puis s'arrêtèrent, continuèrent à agiter la main, la gorge nouée. Une bouffée de fumée la dissimula à leurs regards. Quand elle se dissipa, Malka était déjà loin.

Ils restèrent là un moment, abattus, désemparés.

Longtemps plus tard, mon père devait me reparler de ce départ :

– Cette tristesse que nous éprouvions... Était-ce un pressentiment ? Pourquoi ne l'avons-nous pas suppliée de rester en France ? Son fiancé aurait pu venir... Il y avait de la place pour tout le monde ! Elle aurait pu se fixer à Marseille...

Regrets. Regrets inutiles...

*
**

Simon ne resta pas longtemps chez son ferronnier. Le travail ne lui déplaisait pas, au contraire, et son patron lui paraissait un chic type, comme on disait en ce temps-là. Mais Simon était beau garçon, et il allait apprendre que ce n'est pas toujours une chose facile à assumer.

Il passait ses journées à l'atelier. À midi, les ouvriers déjeunaient à la grande table commune avec le patron et son épouse. C'était une jolie femme, la trentaine, des formes bien faites et généreuses qu'elle ne détestait pas de faire admirer. Et en particulier à Simon, dont la belle stature, les cheveux bruns, le teint mat avaient manifestement produit une vive impression sur elle. Elle lui réservait des œillades appuyées, des sourires. Le décolleté s'ouvrait malencontreusement alors qu'elle se penchait vers le sol pour y ramasser Dieu sait quoi. Puis ce furent les pieds qui cherchèrent ceux du jeune ouvrier sous la table.

Plusieurs semaines durant, Simon affecta de ne rien remarquer. Il ignorait encore ce qu'on peut provoquer en ayant l'air de mépriser une femme qui s'offre. « Puceau ! » lui jeta-t-elle un jour, mi-provocante mi-dédaigneuse, en passant près de lui.

Que faire ? Simon était loin d'être un prix de vertu, mais il avait le sentiment que s'il cédait à ses avances, il tromperait son patron. Qu'elle cocufie son mari si elle voulait, c'était son affaire. Mais pas avec lui. Il ne voulait pas manger de ce pain-là.

Naturellement le manège de la patronne n'avait pas échappé aux autres ouvriers. Des plaisanteries fusèrent. D'autres – jaloux peut-être du succès involontaire de Simon – lâchaient des commentaires à mi-voix où l'on relevait les noms de salope et de gourgandine. Tout cela allait finir par un esclandre.

Au bout d'un mois, Simon ne vit plus d'autre solution que d'aller trouver son patron pour lui annoncer qu'il quittait la maison.

Le brave homme, très satisfait de ses progrès, ne comprit jamais pourquoi cet apprenti si doué avait abandonné la ferronnerie d'art. Et voilà comment mon père fut une victime inconnue du harcèlement sexuel.

Qu'allait-il faire ? Pas question de se croiser les bras. Heureusement, la France de ce premier après-guerre, saignée d'un million d'hommes, ne risquait pas de connaître le chômage. Azrak fit embaucher Simon à l'atelier de matelasserie où lui-même travaillait, chez Léon Bernheim, rue Faidherbe, dans le XIe arrondissement.

L'atelier était installé dans un sous-sol. Tous les soirs, on partait de chez Léon Bernheim avec l'équivalent d'un demi-matelas dans chaque poumon, tellement il y avait de poussière. Le dimanche n'était jamais assez long pour cracher tout ce qu'on avait embarqué dans la semaine.

Où étaient l'air vif et léger du Bosphore, les senteurs d'épices de Béréket Zadé à l'heure du repas vespéral ?

Qu'importe ! Le jour où Simon avait pu envoyer une partie de sa première paye à la famille, en Turquie, ç'avait été pour lui une fierté qui des années plus tard, quand il me le raconterait, ferait encore briller ses yeux.

Il mettait de côté l'essentiel de ce qui restait pour aider sa tante qui en avait grand besoin.

En vérité, la pauvre Diamenta vivait un drame. Mordechaï le bedeau passait ses journées au café L'Istanbul, rue Popincourt, et quand sa femme lui en faisait le reproche, il disait que c'était pour respirer un peu l'air du pays.

– Et l'air de la synagogue ?

– Mais j'y vais... J'y vais..., se défendait mollement le bedeau.

– C'est sûrement pas ça qui te fait tourner la tête et marcher de travers pour rentrer à la maison !

Diamenta avait fini par se mettre d'accord avec Mlle Ginette, la serveuse de L'Istanbul, pour que celle-ci l'empêche un peu de boire. Mais rien n'y faisait. Les bistrots ne manquaient pas, et tous les soirs Mordechaï rentrait totalement ivre.

Une fois l'argent envoyé à Constantinople et donné à la tante Diamenta, il ne restait à Simon que de quoi s'offrir de minuscules et rares plaisirs. Dans les grands jours, il aimait aller s'acheter des saucisses-frites, vendues dans un cornet de carton qui buvait avidement la graisse dont elles ruisselaient. Un luxe ! Je l'ai entendu, plus tard, fredonner la chanson de Léo Daniderff, qu'interprète Fréhel dans *Pépé le Moko* :

Où sont-ils tous mes repas sans galette,
Quand j'bouffais sans même avoir un rond...

Et puis il en gardait un peu aussi pour sortir et s'amuser avec Azrak, qui ne voulait pas perdre de temps pour lui faire découvrir les merveilles de la grande ville.

Très vite mon père allait prendre goût à Paris, à ses rues, à ses scènes, à sa vie grouillante et diverse, toujours renouvelée. Pour ces garçons qui avaient grandi à Constantinople, quelle autre ville au monde aurait pu non pas remplacer la capitale ottomane – cela, c'était impossible – mais du moins apporter une compensation ?

Il est d'ailleurs probable que, si nous nous y trouvions plongés, ce Paris des années vingt nous paraîtrait plutôt triste. La foule n'étincelait pas de couleurs comme aujourd'hui. Les gens de ce temps-là étaient vêtus de noir, de gris, de sombre. C'est seulement avec les premières chaleurs qu'on pouvait se permettre quelques fantaisies, abandonner les casquettes et les chapeaux melon pour les plus légers chapeaux de paille. Mais ce n'était pas pour tous les jours, et surtout pas trop tôt dans l'année. Un homme qui aurait mis un canotier au mois de mars, sous prétexte que le temps était doux et qu'il y avait du soleil, se serait fait siffler.

Même chose pour les femmes. À partir d'un certain âge, bien vite et définitivement, on était vieille. Alors il fallait s'habiller en noir, sinon on passait pour une extravagante, une insensée, une folle, voire une dévergondée.

Les rues étaient déjà sillonnées par des automobiles, mais c'étaient encore les voitures à cheval qui tenaient le haut du pavé. On s'écartait pour les laisser filer, sinon le cocher ne se gênait guère pour vous balancer un coup de fouet. Des relents de crottin vous parvenaient quelquefois au coin d'une rue, et, pour peu qu'on s'éloignât du centre vers les barrières, on découvrirait vite les premiers jardins potagers, les premières étables des laiteries.

Piéton né, Simon marchait tous les jours au hasard. Il n'y avait pas besoin d'être riche pour profiter de cette merveilleuse capitale. Paris grouillait, bougeait. À chaque coin de rue se présentait un nouveau spectacle, un nouveau régal. Les camelots, par exemple. Ils dépliaient une table, la couvraient d'objets étonnants, ustensiles qui révolutionnaient l'art culinaire, produits pour ôter les taches de rouille ou polir l'argenterie. Qu'importe si le tissu partait plus vite que la rouille et si le batteur faisait tourner la mayonnaise. On se laissait toujours prendre par l'extraordinaire bagout de ces hommes qui auraient pu vendre dix fois la tour Eiffel en pièces détachées.

D'autres distractions impromptues et gratuites s'offraient au promeneur. Sur le boulevard Pasteur, c'était des hercules ; à Barbès, des joueurs de bonneteau avec leur caisse de carton. Vers la Bastille, on trouvait des avaleurs de sabre. On rencontrait aussi tous les petits métiers, incarnés par des personnages souvent hautement pittoresques : hommes-sandwichs, vendeurs de glace ou de marrons, chiffonniers, vitriers, porteuses de pain, marchands de fromages avec leurs chèvres et leur flûte de Pan : tous avaient leur baratin, leur cri ou leur musique.

D'emblée Simon aima cette faune amusante et bavarde qui lui rappelait l'ambiance des quais de

Constantinople et du Bazar. C'était, en plein Paris, l'exotisme des tziganes, des forains, des gens de la route.

Le dimanche, Azrak et lui prenaient à la Bastille le tortillard qui menait jusqu'à Joinville. De là ils gagnaient les bords de la Marne, les guinguettes où le célèbre petit vin blanc accompagnait délicieusement la friture pêchée le matin même dans la rivière. Une fois repus, ils guinchaient tout l'après-midi. Azrak demeurait champion. Il parvenait à valser « à l'envers » avec un verre de vin sur le haut du crâne, sans en renverser une goutte. Ce talent lui permettait de faire des ravages parmi les belles.

Simon était moins adroit. Azrak s'en aperçut :

– Tu vas prendre des cours. Il y a un bon professeur de danse près de la place des Vosges.

Et Simon apprit les secrets du one step, du fox, du tango, de la java et du charleston.

Un soir, Azrak lui déclara qu'il voulait le présenter aux gens chez qui lui-même vivait. Les deux garçons furent invités à dîner. La première personne que vit Simon en entrant fut une ravissante jeune fille, sage et silencieuse.

– Ida, je vous présente mon ami Simon, dit Azrak.

La jeune fille, qui osait à peine lever les yeux, lui serra la main. Tout au long du repas, cependant que Simon déployait son charme envers ses hôtes, Azrak la couva du regard, veillant à remplir son verre, hasardant des plaisanteries qui parvenaient – non sans mal – à la faire sourire ; après quoi elle devenait toute rouge et reprenait son sérieux, affichant une expression de froideur distante.

– Dis donc, lui dit Simon le lendemain, on dirait que tu en pinces pour la fille de tes logeurs ?

Azrak regarda ailleurs.

– Bah ! c'est juste par galanterie ! Les filles, il y en a partout...

Simon n'insista pas, mais il en restait à son impression. Azrak le don Juan, le coureur de jupons, se consumait en secret pour la douce Ida, qui apparemment ne voulait rien entendre.

En quelques mois, Simon s'était habitué à Paris et il envisageait maintenant l'avenir avec insouciance.

Tout n'était pas simple pourtant. Par exemple il avait dû faire des démarches compliquées pour « régulariser » sa situation et être sûr qu'il pouvait vivre et travailler en France en toute légalité. Tous ces Espagnols, les Italiens, les Polonais ou les Turcs qui venaient par milliers en France pour goudronner les routes, reconstruire les maisons, remonter le charbon de la mine ou vider les poubelles étaient souvent accueillis comme des gêneurs. Un jour qu'il demeurait planté, tout seul et perplexe, au coin d'une porte, se demandant ce qui pouvait bien encore manquer à son dossier, un employé de la préfecture, passant par là, s'arrêta pour lui demander s'il avait besoin d'aide. Simon expliqua son problème. À sa grande surprise, le fonctionnaire le prit par le bras, l'emmena dans son bureau, commença à éplucher son dossier, lui indiqua ce qu'il devait faire. Trois jours après, tout était réglé, et Simon se présenta à la préfecture pour le remercier. Les deux hommes continuèrent à se voir de loin en loin.

Simon se demanda toujours pourquoi, ce jour-là, cet employé-là s'était préoccupé de cet immigrant-là...

Simon ne ressentit pas seulement qu'il était un étranger ; à sa grande surprise, il découvrit bientôt qu'être juif – étranger ou pas – n'allait pas tout à fait de soi dans son nouveau pays.

On ne croit pas que ça existe, l'antisémitisme. On ne l'imagine même pas. Et puis un jour on le découvre, à cause d'un mot, d'un geste, et c'est comme une porte qu'on vous claque à la figure.

Pour Simon, cela se passa un matin au travail, chez Bernheim le matelassier. Un des ouvriers, qui venait de s'attirer une remarque un peu rude, était revenu vers lui en grommelant :

– Ces sales youpins, ça vous ferait pisser le sang pour gratter trois sous. Ça vendrait les clous du Christ.

Simon demeura muet. Curieusement, alors qu'il n'avait encore jamais entendu claquer l'ignoble mot – youpin – , il comprit instantanément ce qu'il voulait dire.

Son collègue songeait-il qu'il était juif lui aussi ? Apparemment, non. Ou s'il le pensait, cela ne le gênait pas. Mais que le patron fût juif, c'était autre chose. Être patron c'était déjà une tare. C'en était une autre que d'être juif, mais les deux en même temps, ça devenait de la provocation pure et simple. Il se serait appelé Léon Durand, on l'aurait traité de salaud et d'exploiteur, mais comme il s'appelait Bernheim, c'était un sale youpin !

Simon, qui n'avait jamais connu d'antisémitisme en Turquie, fut estomaqué.

Les Juifs français étaient alors quelque cent cinquante mille. Il y avait parmi eux des riches et des pauvres, des bourgeois et des loqueteux. Aux premiers on reprochait de s'être enrichis ; aux seconds, d'être pauvres. Parmi tous les immigrants attirés alors par la France, il n'y avait pas plus de dix pour cent qui fussent juifs. Ce faible chiffre ne faisait pas taire la hargne antisémite, qui n'hésitait pas à évoquer « l'invasion ». L'invasion !... Il y avait un milieu de nouveaux Juifs, à Paris, formé par les derniers arrivants, souvent venus d'Europe centrale. Ils étaient tailleurs, casquettiers, maroquiniers, fourreurs, façonniers, et travaillaient chez eux, dans des pièces parfois minuscules où s'entassait de surcroît toute la famille. C'était ça, l'invasion...

Si leur existence ressemblait à celle d'autres Juifs pauvres vivant dans les grandes villes de Pologne, de Russie, de Roumanie, il y avait tout de même une énorme différence : c'était cette merveilleuse sensation de liberté qui faisait respirer plus complètement, comme si chaque jour, chaque instant, avait été un cadeau inespéré de la vie. Il y avait des antisémites, de même qu'il y a toujours des crétins et des malfaisants : mais il n'y avait pas d'antisémitisme d'État comme dans d'autres pays.

Simon, qui aimait tout voir et tout apprendre, découvrit que le mot *yid* (d'où provient « juif ») désignait celui qui sait le yiddish. Les autres étaient des Français juifs qui parlaient le français, s'étaient depuis plusieurs générations complètement assimilés au reste de la population. Souvent ils n'appréciaient guère ces Polaks *froum*, ces juifs polonais pieux qu'ils étaient bien obligés de considérer comme des coreligionnaires. Ils étaient persuadés qu'un jour ces nouveaux venus leur causeraient du tort.

Au reste, mon père m'a raconté comment, contrairement à l'idée répandue selon laquelle « ils se soutiennent toujours entre eux », les plus pauvres de ces émigrants de fraîche date étaient bien souvent exploités sans vergogne par leurs employeurs, de petits patrons juifs eux-mêmes.

Mais il n'avait pas encore découvert tout cela lorsque son collègue de chez Bernheim lâcha son fiel sur les sales youpins et les clous du Christ.

Troublé, il en parla à Azrak, qu'il trouvait toujours, en arrivant dans leur café habituel, au coin de la rue Faidherbe et de la rue du Faubourg-Saint-Antoine, plongé dans la lecture de *L'Humanité*.

– Je sais, dit ce dernier. Beaucoup de prolétaires...

(Simon remarqua le mot.)

« ... beaucoup de prolétaires disent du mal des Juifs. C'est le piège que leur tend la bourgeoisie pour détourner les revendications. Or ce ne sont pas les Juifs qu'il faut accuser mais les patrons, juifs ou pas !

Simon était d'accord sur ce qui concernait les Juifs, mais l'explication d'Azrak le laissait perplexe sur un autre point.

– Et à quoi ça mène d'accuser les patrons ? demanda-t-il. À se faire virer ?

– À se battre ! Y a des syndicats. Il faut lutter pour émanciper la classe ouvrière.

Simon restait rêveur.

– Ils ont les sous, et nous, on n'a que nos bras... Je vois mal ce qu'on peut faire.

– Ah, évidemment, si on se croit vaincus d'avance !...

Simon contemplait la mousse de son bock. Il continuait à penser à son collègue de travail.

– Ce pauvre imbécile est furieux parce que le patron est un Juif et que lui, n'est-ce pas, le vrai bon Français, il n'est qu'ouvrier. Eh bien, il n'avait qu'à se débrouiller pour faire autre chose, non ? Moi aussi, je trouve qu'on bosse trop dur chez Bernheim, et pour pas grand-chose... Eh bien, je ne vais pas y rester.

– Et tu vas faire quoi ? Tu as une idée, toi qui parles si bien ?

– Oui. J'ai décidé de devenir mon propre patron.

Cela faisait quelques semaines à présent que Simon tournait et retournait le problème dans tous les sens.

Au cours de ses explorations à travers les rues de la ville, il avait constaté que beaucoup de petites gens gagnaient leur vie sans rien devoir à personne.

Et c'était ce qui lui plaisait, à lui. L'indépendance.

Enfin l'illumination s'était faite, et il était bien naturel qu'Azrak fût le premier et seul confident de ses projets. Il ne connaissait personne d'autre, ou à peu près.

– Ton propre patron !... s'exclama Azrak, ahuri. Mais patron de quoi ?

– Je vais vendre.

– Je ne comprends pas. Tu veux travailler dans un commerce, c'est ça ?

– Non. Je veux être mon patron, je te dis. Je vais monter mon propre commerce.

– Et tu vendras quoi ?

– Je vais revendre de vieux objets, des bricoles...

– ???

– Oui. Imagine que tu as une armoire, ou une table, ou une glace. Elles sont vieilles, tu les as assez vues, tu veux les remplacer. Qu'est-ce que tu en fais ?

– Ben... J'en suis plutôt embarrassé... Je cherche un terrain vague pour les y abandonner...

– Eh bien non : tu m'appelles, moi. Et d'une, je t'en débarrasse. Et de deux, je te les paye, c'est toujours ça de gagné pour toi. Ensuite, j'attends l'amateur qui a envie de ta glace ou de ton armoire.

– Et tu t'imagines gagner ta vie avec ça ?

– Oui. Cela se faisait au Bazar de Constantinople. Pourquoi pas à Paris ?

– Mais il faut de la place ! Un stock, un magasin...

– J'aurai cela.

– Et avec quel argent ?

– Je vais gagner de quoi me lancer : je vais faire camelot.

Mon père ne doutait pas de connaître dans la profession de camelot une éclatante réussite.

Il les avait tellement vus, observés, écoutés, admirés qu'il était certain de ne pas s'en tirer trop mal. Et puis n'avait-il pas appris à vendre près de son père Joseph, au Bazar de Constantinople, autant dire l'Oxford ou le Cambridge du commerce ?

Il se retrouva un beau matin sur le boulevard Saint-Michel, à déballer tout un lot de peignes achetés à la débrouille, pour trois francs six sous. Une fois son petit barnum en place et sa marchandise bien mise en valeur, il se lança.

– Il fallait y croire, me raconta-t-il plus tard. Pour réussir dans ce boulot-là, tu dois être toi-même persuadé que tu offres la Banque de France à tes clients en leur faisant un prix d'ami. Évidemment, c'est pas facile !

Et Simon de chanter les louanges de ses peignes, des peignes comme personne n'en avait encore jamais vu, mais comme tout le monde rêvait d'en avoir. Une qualité supérieure et jamais égalée ! Une fabrication exceptionnelle, d'une solidité à toute épreuve et garantie à vie ! Autrefois se peigner était une aventure pleine d'aléas pour vos cheveux. Mais ce peigne moderne (le mot révolutionnaire aurait éloigné une partie des clients), ce peigne ultramoderne, donc, ne peignait pas : il transfigurait la chevelure, enjôlait les mèches, enchantait les boucles !

Au bout d'une matinée, il avait dû en vendre trois. Quinze autres s'étaient cassés dans ses doigts ou dans ses cheveux pendant la démonstration. Certes, les badauds ne s'étaient pas ennuyés. Mais le stock de peignes restait là.

Écœuré, Simon envisageait déjà de remballer sa marchandise pour aller la jeter à la Seine, lorsque l'un des passants, qui l'avait observé depuis plusieurs minutes avec un petit sourire, s'approcha de lui.

– Vous parler très comme le faut, jeune homme ! Moi je dire cela va pas c'est marchandise.

– Pardon ?

– Moi je le connaître, l'acheter, le vendre. Tout ces choses.

Et l'inconnu de s'embarquer dans une série d'explications confuses, avec un accent russe à couper au couteau, et une syntaxe ne ressemblant à celle d'aucune langue connue de Simon. Il parlait beaucoup de « bois de chevaux », et Simon ne devait comprendre que bien plus tard, lorsqu'ils eurent achevé de faire connaissance, que cela désignait la station de métro « Croix-de-Chavaux », à Montreuil, où l'inconnu avait ses quartiers.

Au reste, Simon le trouvait plutôt sympathique avec son chapeau cabossé, son manteau déformé, ses yeux vifs et gais dans une trogne d'habitué des comptoirs. Au bout d'un moment, lassé de comprendre à peine une phrase sur deux, il finit par lui demander à tout hasard s'il parlait le yiddish. Le visage de l'homme s'éclaira : c'était même ce qu'il parlait le mieux au monde !

La conversation devint plus simple et se continua dans un petit bistrot de la rue Racine.

Simon expliqua qu'il était devenu camelot pour se sortir d'une mauvaise passe, mais qu'en fait il voulait être brocanteur.

– Brocanteur ? s'écria l'inconnu. Alors, tu es sauvé. Tu ne pouvais pas mieux faire que de me rencontrer. Tu viens de faire la connaissance de Raphaël Klappish, le roi des chiffonniers parisiens !

Klappish était un Juif russe. Il avait une telle réputation d'honnêteté et un tel génie du bagout qu'il pouvait tout vendre à n'importe lequel des grossistes de la capitale, même ceux qui ne savaient pas un mot de russe ou de yiddish et à qui ses arguments de vente échappaient totalement. Les propos les plus incompréhensibles de Klappish avaient cette vertu magique de séduire et de convaincre. En dépit de ce que son allure avait d'exotique et de clochardesque à la fois, il émanait de lui une bonne humeur et une chaleur qui inspiraient confiance.

Jamais il ne fouillait dans les poubelles, encore moins dans les décharges d'ordures. Mais il inventoriait avec une sûreté stupéfiante les pires bric-à-brac, de ceux dont on se défait en les empilant sur les trottoirs, ce qu'on appelle aujourd'hui les encombrants. Là où n'importe qui n'aurait vu qu'un tas de saletés, lui, tout joyeux, claironnait :

– Voilà bonne maison ! Tous les jours je le trouver le métaux... Plomberie ils doivent refaire !

La chance avait servi Simon. Klappish, en effet, n'était plus tout jeune, et cela faisait un moment qu'il cherchait quelqu'un pour l'aider. En observant mon père occupé à vendre ses peignes, ou plutôt à ne pas les vendre, il avait compris que c'était l'homme qu'il lui fallait : pauvre, courageux, entreprenant.

– Si tu veux, tu travailles pour moi. Et si ça se passe bien, tu deviens bientôt mon associé.

Dès lors Simon l'accompagna dans sa tournée. Je l'entends encore me racontant cela, bien des années plus tard, rue Crémieux, et entonnant d'une voix de stentor, au milieu de notre petit salon :

– Habiiits... chiffoooons...

Là il y avait un point d'orgue. On faisait durer...

– ... Ferrailles à vendre !

Les fenêtres s'ouvraient. On leur faisait signe. Ils grimpaient les étages et achetaient.

Il fallait se lever tôt, faire des kilomètres en tirant une voiture à bras, monter des escaliers, les redescendre chargé comme une bourrique. Qu'importe ! Simon se rapprochait de son idéal : travailler pour lui-même, n'avoir pas de comptes à rendre.

Lorsque Klappish jugea qu'il commençait à être à la coule, il lui proposa de l'associer à lui. Simon ne se fit pas prier.

C'est à cette époque-là qu'il quitta sa tante Diamenta, son mari et ses fils, pour aller s'installer dans l'un des plus authentiques quartiers parisiens, au 42 de la rue Saint-Louis-en-l'Isle.

*
**

1920, 1921, 1922... Le souvenir de la guerre s'estompait. La France se rebâtissait, renouait avec la prospérité. Les anciens combattants clamaient partout : « Plus jamais ça ! » Et Paris, comme à la fin de la Terreur, un siècle et des poussières plus tôt, se jetait dans la fête pour oublier plus vite. Les années folles commençaient.

Les deux Princes entendaient bien prendre leur part à la fête.

Fréquemment ils se retrouvaient aux Trois Maillets, un café de la rue Galande, près de chez Simon, tenu par un couple de Jurassiens haut en couleur, celui que formaient Marius Grosperrin et Aline, sa femme.

Il n'avait pas eu besoin d'y aller longtemps pour y prendre ses habitudes, et surtout pour être reçu en ami. Azrak et lui avaient éveillé en Aline la fibre maternelle. On trouvait facilement du racisme dans cette France guillerette et cocardière, c'est vrai : mais il y avait aussi quelque chose qui s'est perdu, une bonne humeur, une facilité de contacts, de rapports quotidiens, une complicité spontanée de ceux qui travaillaient dur pour vivre. Une générosité populaire qui est la même partout dans le monde. Mon père l'avait connue à Béréket Zadé : il la retrouva, semblable, chez des gens comme les Grosperrin.

Il finit par faire partie de la famille. Peut-être parce qu'il en cherchait une... Il venait souvent le soir, à l'heure de l'apéritif. Lorsque Marius fermait les grands volets de bois, Aline mettait le couvert sur une table du bistrot et disait :

– Allez, il va souper avec nous ce garçon ! Moi je sais ce qu'il faut manger pour pouvoir tirer la charrette !

D'autres habitants du quartier venaient souvent dîner chez les Grosperrin. C'était alors des soirées amicales bien arrosées.

Ce furent vraiment de joyeuses années pour mon père. Toutes les occasions étaient bonnes pour faire la fête : le Nouvel An, bien sûr, avec les baisers d'amitié qu'on échange à minuit entre deux vœux, mais aussi les Rois, la Mi-Carême, le Mardi gras où tous les commerçants de la rue se déguisaient. Puis, l'été venu, la fête nationale, les bals qui duraient jusqu'au matin...

Azrak lui avait présenté un certain Mémé. Un jeune gars jovial, le titi parisien dans toute sa splendeur, un peu louche sur les bords. Il avait une drôle d'allure. Il s'était fait tatouer le bord des paupières en bleu. Il gagnait sa vie en vendant de la vaisselle dépareillée, et grâce à mille autres expédients pas très innocents, mais il était drôle et jamais en retard pour payer sa tournée.

Jamais non plus à court d'idées pour s'amuser ou monter des coups.

– Dites, les gars, si on proposait un bonneteau ?

Vous feriez les barons... On gagne à l'aise de quoi aller au restaurant le soir.

Le bonneteau ? Les barons ? Azrak et Simon ouvraient de grands yeux et Mémé rigolait. Il fallait tout leur expliquer, à ces deux-là !

– Le bonneteau, ça se joue avec trois cartes retournées. On présente l'as par exemple, puis on fait changer les trois cartes de place à toute vitesse. Quand elles sont immobilisées, celui qui a parié doit deviner où se trouve l'as. S'il le trouve, je lui dois le double de sa mise, s'il ne le trouve pas, je l'empoche. D'accord ?

– D'accord. Et les barons ?

– Eh ben, voilà : j'installe mon truc sur le trottoir, une caisse, mes cartes. Vous, vous êtes les premiers intéressés. Vous regardez le jeu en faisant ceux qui hésitent, pendant que je débite mon boniment. Ça attire d'autres amateurs. Puis vous sortez un billet, vous misez. Moi je vous fais gagner deux ou trois fois de suite. Alors les ballots se décident à faire comme vous... et ils perdent ! Parce que Mémé, pour faire défiler les cartes, quand il veut, c'est le champion.

– Et après ?

– Après, vous partez, on se rencarde dans un troquet... Et là on fait les parts. Vous pigez ?

Après avoir trouvé le moyen de gagner de l'argent, Mémé savait aussi le dépenser. Un soir qu'ils avaient raflé gros du côté de Clichy, il les entraîna :

– Qu'est-ce que vous diriez d'une petite virée à la fête foraine, les gars ?... Le tir à la carabine... les pommes d'amour... le billard japonais ?... Ça vous dit quelque chose ?

Ce fut adopté à l'unanimité. Ils descendirent dans le métro, ressortirent à La Motte-Picquet.

Cette fête-là, on l'appelait « la fête à Pasteur ». Elle commençait sous le métro aérien, à la station, puis c'était Cambronne, Sèvres-Lecourbe, avant qu'elle grimpe le long du boulevard Pasteur, pour aller finir tout en bas de celui de Vaugirard, là où se trouve aujourd'hui la gare Montparnasse. Ça en faisait des manèges, des chevaux de bois et des merveilles à explorer.

Ils firent des cartons. Mémé, à ce jeu, était presque un « pro ». Il quitta le stand avec des bouteilles de champagne *made in Italy* et des poupées, des nounours qu'il distribua à des inconnus. Puis ils montèrent dans la Chenille, le Train Fantôme, les autos-scooters. Continuèrent avec le Grand Huit et le Palais des Mirages où les dames, en sortant, à cause d'une soufflerie, se retrouvaient avec tous leurs jupons sur la tête. C'était l'attraction préférée d'Azrak.

Simon regardait tout, s'amusait à voir les mollets des danseuses dans les parades, aussi ronds que si elles avaient glissé des balles de tennis dans leurs collants. Il respirait cette odeur faite de vanille et de graisse bouillante qu'on ne trouve que là, et qui éveillait en ses narines comme un souvenir d'enfance.

Ils s'arrêtèrent devant une baraque au fronton de laquelle on lisait :

GRAND COMBAT DE BOXE ANGLAISE

Le patron était un copain de Mémé, qui, de temps en temps, à la Foire du Trône, faisait lui aussi « le baron » pour son compte.

Il s'agissait d'abattre la brute épaisse qui bombait

les biscoteaux sur le podium. Un frisson parcourait l'assistance. Qui oserait affronter un tel monstre ? Le vainqueur emporterait une belle somme.

Simon releva le gant et alla se mettre en tenue. Vingt minutes plus tard, ayant battu le nouveau Carnera, il sortit en héros sous les applaudissements.

Tout en repassant devant la Femme la plus grosse du monde et l'Homme-léopard, on se dirigea vers un bistrot, histoire de se rafraîchir un peu et aussi pour partager la bourse avec le patron de la baraque.

Mais Mémé semblait en avoir décidé autrement.

– Venez !... Venez les gars ! Vous avez pas encore tout vu !

Il les entraîna devant une baraque qui annonçait en lettres multicolores « le plus fabuleux spectacle de dressage jamais présenté en Europe ». Azrak et Simon semblaient réticents. Mémé insista :

– C'est moi qui vous invite !

Il les poussa à l'intérieur pendant qu'il fonçait vers la caissière, une jolie brunette aux yeux pervenche.

Le lion était là, dans une cage si petite que le dompteur, pour y entrer, était obligé de se mettre de profil. Le vrai spectacle, c'était lui : il était couvert de pansements. Il en avait au front, à l'oreille, sur le nez. Il lui manquait trois doigts à la main gauche et il boitait bas.

Lorsqu'il parvint enfin à réveiller le roi des animaux, le spectacle était déjà fini. Il passa dans les rangs en faisant la quête. « Pour l'aider à nourrir ses fauves » !

C'était pathétiquement minable.

– Mais pourquoi Mémé nous a traînés là ? demanda Simon.

– D'autant plus qu'il n'est pas entré...

Ils comprirent en ressortant, lorsqu'ils retrouvèrent Mémé en grande conversation avec la jolie brunette aux yeux pervenche.

Au bistrot, il se confia, devint sentimental, expliqua qu'il ne serait jamais heureux de sa vie, à cause d'Armandine qui était mariée au dompteur. Il l'aimait d'amour.

– Et elle, elle t'aime pas ? lui demanda Azrak, compatissant.

Si, elle l'aimait, c'était même la folle passion. Mais ce qui les séparait, c'était, disait-il, « la différence sociale ». Elle, son dompteur, il avait pignon sur rue, des fauves, une roulotte, une baraque, bref une situation assise. Tandis que lui, Mémé, qu'est-ce qu'il pouvait lui offrir ? L'aventure, la vie de bohème. Cent fois elle lui avait proposé de partir avec lui, mais il avait toujours refusé. Il l'aimait trop pour lui faire courir une vie chaotique et sans confort.

Deux ou trois ans passèrent ainsi – à toute allure. Le travail, les virées de copains... Simon était content. Il gagnait mieux sa vie avec Klappish, même s'il fallait travailler dur, qu'en se détruisant les poumons au milieu des matelas de Léon Bernheim.

Il continuait d'envoyer de l'argent à Constantinople. Trois ou quatre fois par an, il recevait une longue lettre, soigneusement écrite, dans laquelle sa mère et son père lui donnaient les nouvelles de la famille et du quartier, lui prodiguaient des conseils.

Toutes ces nouvelles, bonnes ou mauvaises, il les partageait aussitôt avec Azrak, lequel n'avait plus personne au monde pour lui écrire.

Candi, faute de trouver une autre solution, était parti à l'armée. Le conflit mondial avait pris fin peu après, mais il n'avait pas pour autant été libéré. L'habile général Kemal, ayant réussi à gagner la confiance des Anglais, avait été envoyé rétablir l'ordre du côté de la mer Noire, après quoi, regroupant autour de lui la résistance nationale, il avait créé le gouvernement d'Ankara et entrepris de mener la lutte contre les Grecs en Asie Mineure. Moyennant quoi Candi se trouvait toujours sous les drapeaux.

Malka et son mari s'étaient installés à Odessa, dans l'Union des républiques socialistes soviétiques. Azrak prenait encore un air un peu rêveur quand il était question de Malka, mais il n'était pas homme à se consumer en regrets inutiles. Les jolies filles ne manquaient pas pour danser, rire, se bécoter et parfois un peu plus... Pareil aux chevaliers du Moyen Âge qui, tout en troussant les cabaretières et les bergères, gardaient dans leur cœur l'image sacrée de leur Dame, Azrak courtisait toujours la jeune et farouche Ida, ne désespérant pas de vaincre un jour sa résistance. Elle était jeune. Rien ne pressait, après tout.

Le temps qu'il ne consacrait pas au beau sexe, et au travail naturellement, il le passait dans les meetings de la CGT et du jeune Parti communiste.

Simon demeura l'associé de Klappish, mais il gardait en tête son objectif : avoir un jour sa propre affaire. Dans cette idée, il avait recherché un local, le moins coûteux possible, afin d'entreposer les meubles et objets qu'il achèterait pour son propre compte.

C'est ainsi qu'il avait loué un emplacement, afin d'y construire lui-même une baraque en planches, sur un terrain vague situé au nord de Paris, à la porte de Saint-Ouen.

III

VERNAISON

Le propriétaire de ce terrain était un ancien concessionnaire des droits de stationner aux Halles. Il avait également soumissionné la location de chaises et de fauteuils dans les jardins publics. Il avait sagement placé sa fortune sur ce terrain, au lieu-dit « Les Vingt-Six Arpents », entre la rue Michelet, la rue des Rosiers et la rue Voltaire, à Saint-Ouen.

Il ne se doutait pas qu'en laissant mon père y installer ses pénates, moyennant un modeste loyer, il allait rendre son nom aussi célèbre que celui de MM. Godillot, Gibus ou Poubelle.

Ce propriétaire avisé s'appelait M. Vernaison. Romain Vernaison.

Peu de temps après mon père, Raphaël Klappish, séduit par l'idée, l'imita, et ce furent deux baraques au lieu d'une qui se dressèrent bientôt sur le terrain Vernaison. Leurs affaires marchaient bien et, au cours des mois qui suivirent, d'autres collègues vinrent s'installer près d'eux.

Le marché Vernaison était en train de naître, même si personne ne se doutait que ce marché aux puces deviendrait le plus grand marché à la brocante et aux antiquités qui soit au monde.

Ce n'était plus Paris, ce n'était pas encore la banlieue. On appelait ces espaces intermédiaires la zone ou « les fortifs », à cause de l'enceinte fortifiée construite au siècle précédent et qui passait non loin de là, sur l'emplacement où se trouve aujourd'hui le périphérique.

Chansonniers et écrivains, de Bruant à Carco et plus tard Eugène Dabit, avaient popularisé la légende de ces parages, hantés par tout un peuple de l'ombre, triquards, clochards, putes de barrières, mauvais garçons et déracinés de tout poil.

C'était le royaume des poulbots, des revendeurs de tout et de rien – des receleurs aussi, quelquefois. Et puis des gitans, toujours mal vus à travers tout le pays et ballottés d'une mauvaise volonté à l'autre, qui venaient installer là leurs roulottes, proposant aux passants les révélations des diseuses de bonne aventure, amenant une petite pincée d'exotisme avec des chants pleins de fureur et de nostalgie.

La brocante allait venir à point nommé se mêler à ce petit monde joyeux et inquiétant, crasseux et pittoresque. La mode aidant, les baraquements des brocanteurs allaient pousser comme des champignons. Tous les rebuts des maisons de Paris allaient confluer là dans des charrettes à bras, des attelages de fortune, amenant dans la poussière odorante de Vernaison le meuble ordinaire et l'ébénisterie précieuse, la croûte insipide et le chef-d'œuvre oublié, le stuc de série et la porcelaine rare. Avec les amateurs, les chineurs, les flâneurs, viendraient les marchands de frites et de marrons, les orgues de Barbarie, les pickpockets, les limonadiers... Tout un monde dont mon père allait être un des princes.

Il ne s'en doutait pas. Pour l'heure, il s'agissait de travailler dur. Parfois, avec Klappish, ils ne regagnaient leurs pénates que très tard dans la nuit. Des colonnes de petites voitures, avec leur fanal rouge à l'arrière, pleines de légumes, de fruits ou de fleurs, convergeaient en direction des Halles, conduites par les maraîchers venus de Montmorency, de Vanves, de Fontenay ou de plus loin encore. Là, c'était encore le Paris de Zola. Simon fredonnait :

Quatre heures du matin
C'est déjà demain
Demain qui commence...

Ils saluaient au passage les chiffonniers, occupés à visiter les poubelles qui attendaient sous les portes cochères. Klappish les connaissait pour la plupart. Les rapports n'étaient d'ailleurs pas toujours faciles, et ce n'est pas pour rien que l'on dit encore aujourd'hui « se battre comme des chiffonniers ». Chacun d'eux avait son secteur, son arrondissement, son quartier, et il n'était pas question d'empiéter sur le territoire du voisin. Un peu comme chez les prostituées, en somme. Mais voilà : il y avait des poubelles plus riches que d'autres, et il arrivait qu'un audacieux vienne visiter, un peu plus tôt dans la nuit, celles qui ne lui appartenaient pas...

Cela se découvrait vite, et les suites en étaient terrifiantes. Les victimes se mettaient en planque, et, quand le malhonnête arrivait, il recevait une raclée mémorable. Canne, nerf de bœuf, tout était bon ; il arrivait même que l'affaire se solde à coups de surin, à coups de crochets, de ceux qui servent à fouiller les ordures. Bien des fois l'indélicat est resté mort sur le terrain.

Les honnêtes gens, réveillés par les cris, observaient la scène enveloppés dans des robes de chambre douillettes, à travers leurs persiennes bien closes. Ils avaient leur film de violence avant même d'avoir la télévision.

Klappish se tenait à l'écart de ces affaires-là. Simon adopta cette sage conduite. Il ne redoutait pas trop les mauvaises histoires : sa stature solide, son air calme et déterminé en imposaient. D'ailleurs, son naturel le portait à chercher l'entente et à respecter la parole donnée. C'était payant. Il s'aperçut bientôt que tout le monde l'avait à la bonne, des commerçants aux bourgeois, en passant par les clochards.

À force de voyager à travers Paris de l'aube à la nuit avec sa voiture à bras, il finit par connaître les moindres recoins de la ville. Il apprenait les noms des rues dont il savourait la poésie : rue Galande et rue du Petit-Musc, rue de l'Arbre-Sec ou rue du Vert-Bois, rue du Départ, rue de l'Arrivée... Il en connaissait de fort mystérieuses, nichées au fin fond des arrondissements périphériques, aux noms tout aussi chantants, comme la rue de la Fontaine-à-Mulard ou celle de la Terre-aux-Curés.

Le petit « métèque », comme disaient alors couramment de bons Français de souche, était devenu un véritable Parisien.

Au contact de Klappish, en faisant appel aussi à

ses souvenirs du coin des brocanteurs au Bazar de Constantinople, il avait appris à estimer la valeur des choses ; il avait l'œil pour repérer la babiole intéressante qui se cache au milieu des pires saloperies, comme un évadé se perd dans la foule pour échapper à ceux qui le recherchent.

Mais il trouvait que c'était loin d'être suffisant. Il voulait en savoir plus, beaucoup plus, sur ces trésors inconnus. Comprendre pourquoi le cadre ou le guéridon qui lui avaient, à lui, paru splendides, faisaient hausser les épaules à l'amateur, lequel, une seconde plus tard, se précipiterait sur tel vieux pied de lampe rouillé, tel vase ébréché. Ce métier-là s'apprenait, en fin de compte, auprès des clients. Il fallait connaître leurs goûts, et le goût du bourgeois de Paris n'est pas forcément celui du gamin de Constantinople. Il fallait aussi tenir compte des modes, des entichements, voire des snobismes. Et puis enfin s'intéresser aux styles, aux époques, aux provenances. Un fauteuil Empire tout esquinté, mais authentique, vaut mieux qu'une copie pimpante... à condition de savoir reconnaître et dater l'authentique ! Il bavarda avec des artisans, feuilleta de vieux livres dénichés sur les quais.

Un rituel s'installa à Vernaison, au fur et à mesure que la réputation du lieu grandissait. Le dimanche était le grand jour. Il fallait être « là-haut » avant l'aube pour ouvrir la baraque et présenter la marchandise. Les vrais amateurs le savaient et le savent toujours : les Puces, ça se « fait » avant neuf heures. Après, il n'y a plus que les badauds. Aussi, dès potron-minet, Simon et ses semblables étaient sur le pied de guerre avec une seule idée en tête : vendre,

vendre, vendre ! Tout. Et le plus vite possible. L'argent gagné en un dimanche récompenserait une semaine de labeur. Et le combat, au fil du temps, n'allait que devenir plus rude, la concurrence se multipliant.

La meilleure façon de limiter celle-ci était d'ailleurs de l'accepter. Mon père eut d'emblée la sagesse de nouer de bonnes relations avec les nouveaux venus. On discutait et on plaisantait d'une boutique à l'autre, on pouvait même se renvoyer des clients. Parmi les notabilités, il y eut le grand Guedal, qui lançait des bonjours amicaux et tonitruants du haut de son mètre quatre-vingt-quinze. Il y eut aussi le couple Castro, des Italiens, ressemblant aux personnages de Dubout. Lui était petit, mince, tiré à quatre épingles ; elle, énorme, maquillée à la truelle, du rouge à lèvres jusqu'aux oreilles, façon Fratellini, et dotée de la grande gueule la plus retentissante de Vernaison. Pas une heure ne passait sans qu'on l'entendît vociférer contre les clients, contre son mari, contre le monde entier, dans un abominable sabir italo-français. Il arrivait qu'elle fût en humeur de confidences, et toutes les Puces apprenaient alors qu'elle était « terriblamenté constipée cé matin... » On tournait le dos pour rire à son aise. Nul n'est censé savoir que « constipato », en italien, signifie « enrhumé ».

Mais c'était sur son minuscule mari que se concentrait la fureur de cette baleine. Elle l'accusait de coucher avec toutes les femmes du marché, ce qui était nettement exagéré, même si le petit Castro était loin de constituer un modèle de fidélité conjugale.

– Il mé fait « coucou » ! Il mé fait « coucou » ! hurlait-elle aux quatre vents.

*
**

Azrak avait bien sûr été parmi les premiers à venir visiter l'installation. Il continuait à s'inquiéter :

– Mais Simon, qu'est-ce que tu fabriques au milieu de toutes ces roustissures ? T'as pas d'avenir là-dedans. Redescends sur terre et viens travailler avec moi.

– Toutes ces roustissures, comme tu dis, feront tôt ou tard le bonheur de quelqu'un. Tout est merveilleux à qui aime. Je suis un marieur, Azrak, un *chatrounem*, comme on dit en yiddish.

Simon avait confiance dans son idée ; et surtout, surtout, il était libre ! Et cette liberté, pour lui, ne pouvait être remplacée par rien d'autre. Là non plus, Azrak et lui ne se comprenaient pas. Azrak était devenu un ouvrier, sympathisant communiste qui plus est. Simon n'avait rien contre : mais ça ne l'intéressait pas. C'était un sceptique.

Un jour, il reçut une plaque de bronze qui portait le numéro 2 et à laquelle le fondeur avait donné la forme d'un sac fermé par un lacet. Elle avait aussi une chaîne de cuivre qui permettait de la porter sur la poitrine.

C'était sa plaque de brocanteur, accompagnant sa licence.

Un ministre, un président, un roi ou un pacha lui auraient donné l'ordre de la Jarretière, la Légion d'honneur, l'ordre des Séraphins ou celui de Lénine, il n'aurait pas éprouvé une plus grande joie.

Désormais il était brocanteur à Paris !

Le métier s'officialisait, Vernaison aussi. Au fur et à mesure qu'il grandirait la réglementation suivrait. Plus tard Simon eut son adresse : Marché Vernaison, 136 avenue Michelet, allée 9, stand 211 A.

À quelque temps de là, Azrak lui donna un mystérieux rendez-vous, un soir, chez Grosperrin.

– Je ne peux rien te dire tout de suite. Viens demain soir.

Quelle ne fut pas la surprise de Simon, arrivant à l'heure fixée, de voir son ami accompagné de la hautaine, de l'inflexible, de l'inaccessible Ida !

– Vous vous connaissez déjà... Simon, qu'est-ce que tu bois ?

– À cette heure ? Bah, un petit blanc...

Mais Azrak, clignant de l'œil à l'intention de Marius Grosperrin, se mit à rire en le faisant asseoir.

– C'est pas le jour du petit blanc, mon vieux Simon. Ida et moi, nous avons une nouvelle à t'apprendre : nous allons nous marier.

La jeune fille souriait, cette fois, plus qu'elle n'avait jamais souri, les yeux toujours baissés. Marius Grosperrin arrivait, la poigne occupée à faire sauter le bouchon du champagne.

*
**

Un jour de 1927, Simon reçut de Turquie une lettre qui n'était pas de l'écriture habituelle, à savoir celle de son père. Ses yeux parcoururent les premières lignes, puis il se reporta à la signature. C'était Candi.

Il annonçait qu'il venait vivre en France.

Après avoir bien guerroyé de part et d'autre, Mustafa Kemal était parvenu à ses fins : débarrassé des Grecs et des Anglais, et surtout du Sultan, nommé président de la République, il pouvait enfin se consacrer à l'œuvre qu'il ambitionnait d'accomplir : forger une grande Turquie moderne, indépendante, puissante, un grand État laïque, moderne et européanisé.

Dans ce but il avait entamé de grandes réformes intérieures, affrontant durement les islamistes, imposant l'alphabet occidental. Mais pour mener à bien ces vastes projets, il avait dû créer un régime autoritaire et nationaliste où les Juifs se sentaient nettement moins à l'aise que par le passé. N'avait-il pas déjà organisé l'expulsion de tous les Grecs d'Asie Mineure ? Purification ethnique toujours...

Candi s'était senti mal à l'aise, et sans avenir. Les nouvelles de France, reçues de ses deux amis par l'intermédiaire de Cadoune et Joseph, l'avaient fait rêver. Il se décidait enfin à franchir le pas.

Simon accueillit la nouvelle avec joie. Les trois Princes de Constantinople allaient être à nouveau réunis. Il se promettait déjà des fiestas fantastiques.

– Vite dit, soupirait Azrak. Candi me déteste depuis Constantinople... Malka...

– Bah ! Il ne te déteste pas, voyons. Et puis ce sont de vieilles histoires !

Le jour dit, à l'heure dite, Azrak et lui étaient à la gare de Lyon, où Candi allait débarquer comme ils l'avaient fait eux-mêmes des années plus tôt, avec pour tout bien ce qu'ils portaient sur le dos...

Leur cœur commença de battre sitôt que la locomotive, à quelques mètres des butoirs, poussa son énorme plainte, comme épuisée par le long voyage. Dès qu'elle se fut immobilisée, des flots de voyageurs se répandirent sur le quai. Ceux qui les attendaient et qui s'étaient offert un ticket de quai se précipitaient à leur rencontre.

Simon et Azrak cherchèrent des yeux leur ami dans cet océan de têtes, de chapeaux, de casquettes, de bérets, de chéchias, de bonnets de police et de képis.

Enfin ils aperçurent, tout au bout, vers les wagons de queue, une silhouette caractéristique.

– Regarde, s'exclama Simon. C'est lui ! Regarde-le avec ses pantalons trop courts et son béret sur la tête...

C'était bien lui. Simon et lui s'embrassèrent, s'étreignirent. Puis Candi vit Azrak. Les deux hommes commencèrent par se tendre la main. Après une hésitation, ils s'embrassèrent aussi, en se tapant mutuellement dans le dos.

La première soirée se passa chez Azrak et Ida, où l'on fêta joyeusement l'arrivant.

Ils évoquèrent Constantinople. Les souvenirs allaient bon train. Les blagues, les galopades, les réprimandes du rabbin Moreno quand ils en avaient fait un peu trop...

– Comment va-t-il, notre rabbin ?

– Tu ne sais donc pas ? Il est mort l'année dernière. Ça a été le deuil national dans tout le quartier !

Le rabbin Moreno, mort... Sa figure paternelle et sévère avait tellement dominé leur enfance qu'ils n'imaginaient pas qu'il pût mourir, lui aussi...

– Vous ne parlez pas des filles, lança Ida pour dissiper le nuage que cette nouvelle avait fait passer. C'est parce que vous n'osez pas devant moi ?

Simon regarda tour à tour ses deux camarades.

– Bah, nous étions encore trop jeunes, grommela Candi.

À la fin de la soirée, comme Ida était allée se coucher, et tandis que les trois hommes buvaient un dernier verre, Azrak se leva et alla ouvrir un tiroir de commode.

– Candi... Je sais qu'il n'y a pas que de bons souvenirs entre nous... Je voudrais que tu lises ça.

Il lui tendait une lettre, soigneusement pliée dans son enveloppe jaunie.

– C'est Malka qui me l'a donnée avant de quitter Paris.

– Alors c'est pour toi, et je ne...

– Si, si, il faut que tu lises.

Candi déplia le papier et lut. Il hocha la tête, puis tendit la lettre à son propriétaire.

– Passe-la à Simon, il peut lire aussi, dit Azrak.

Candi, cependant, avait ouvert le sac de cuir qu'il portait en bandoulière.

– Eh ben tiens, dit-il. Moi aussi j'ai une lettre de Malka. Elle me l'a donnée après son mariage, quand ils sont partis pour Odessa.

À son tour, il tendait une enveloppe à son ami.

– À vrai dire, ajouta-t-il, moi aussi, je pensais que je te la montrerais.

– Oh là, s'exclama Simon, voilà bien des mystères !

Il se plongea dans la lecture de la lettre que son ami lui avait donnée.

Cher Azrak,

Il se pourrait qu'on ne se revoie plus jamais. Alors je voudrais te dire une chose. Candi, Salomon et toi, vous avez été mes trois Petits Princes, que j'ai toujours aimés, même si je me fâchais ou me moquais de vous. Vous avez été comme mes trois petits frères.

Quant à l'amour, il n'y a qu'un garçon que j'aie aimé – que j'aime : c'est Ivan, mon fiancé.

Je ne crois pas avoir laissé croire, ni à Candi ni à toi, qu'il en aille différemment.

C'est pourquoi, si vous vous retrouvez un jour, je voudrais que vous soyez toujours des frères les uns pour les autres. Et que vous aimiez toujours celle qui vous le demande,

Votre « sœur » affectionnée,

Malka.

Cependant Azrak avait fini la lettre de Malka à Candi. À son tour il la tendit à Simon. Celui-ci la parcourut : c'était la même. Seuls les prénoms étaient intervertis.

Sans un mot, Candi et Azrak s'approchèrent l'un de l'autre et se frappèrent l'épaule.

– Content de te voir, vieux.

– Moi aussi.

– Et comment va-t-elle, Malka ? demanda Candi en se rasseyant. Tu as de bonnes nouvelles ?

Simon fit la grimace :

– Je n'ai pas de nouvelles du tout. J'ai reçu une lettre d'Odessa, il y a bien trois ans... Et depuis, rien !

– C'est pas possible...

Azrak intervint :

– Le capitalisme mondial veut isoler la patrie des

travailleurs ! Je suis sûr qu'ils foutent le courrier à l'eau.

– Que le courrier soit foutu à l'eau, c'est possible, rétorqua Simon. Que ce soit l'œuvre du capitalisme mondial, c'est autre chose...

Un silence s'établit. Même Azrak, quoi qu'il en dît, s'inquiétait. Personne ne pouvait dire ce qui se passait là-bas. On savait que Lénine était mort, que Staline avait pris les commandes et que l'on ne parlait plus du camarade Trotski... Pour le reste, les opinions variaient. Tantôt l'URSS était le paradis des travailleurs, tantôt elle était un enfer.

Simon jugea opportun de ranimer l'ambiance :

– Bon, si on allait faire un tour ? J'offre la première tournée !

Ils sortirent dans les petites rues du Marais, gagnèrent la République, marchèrent sur les boulevards. Ils firent plusieurs cafés, disputèrent une partie de billard acharnée, puis, une fois les bistrots fermés, ils descendirent vers les Halles. Ici et là Simon disait bonjour, serrait une main, faisait un signe. Les putains les accostaient. Simon et Azrak se contentaient de les saluer galamment, les filles riaient. Candi ouvrait des yeux comme des portes cochères sur des poitrines avenantes et des jupes fendues comme on n'en voyait guère à Istanbul, dans la rue en tout cas.

Ils allèrent manger une soupe à l'oignon, puis une omelette. Candi ne devait-il pas découvrir au plus vite les bonheurs de la cuisine française ?

À l'aube, un peu ivres, épuisés, mais heureux, les trois noctambules redescendirent vers la Seine, passant au pied de la tour Saint-Jacques, puis tournant en direction de la Samaritaine. Le soleil commençait à poindre, dorant de roses la colonnade du Louvre et la coupole de l'Institut. Ils s'avancèrent sur le Pont-Neuf, s'arrêtèrent sous la statue du Vert-Galant.

– Alors, Candi, qu'est-ce que tu dis de ça ?

Candi, bouche bée, regardait la perspective de la Seine, grandiose et douce à la fois.

– C'est beau... C'est pas aussi beau que là-bas chez nous, mais quand même c'est rudement beau...

– *J'ai deux amouououus... Mon pahys et Paouis...* chanta Simon, un peu gris, d'une voix suraiguë, contrefaisant l'accent de Joséphine Baker. Bon sang, les gars, qu'est-ce qu'on va être heureux maintenant ! Vive la rue Hadji Ali ! Vive les Princes ! Vive la France !

– Vive la France ! reprit Candi.

Et l'instant d'après ils étaient trois noceurs joyeux et enthousiastes, tous les trois étrangers, tous les trois Turcs, tous les trois Juifs, qui au pied de la statue du bon roi Henri IV braillaient dans l'aurore : Vive la France !

Comment Candi gagnerait-il sa croûte ? Azrak n'hésita pas : il ferait des matelas ! Et Candi entra chez Bernheim.

À l'instar de Simon, les matelas ne l'enthousiasmèrent pas très longtemps. Le souvenir même du soleil du Bosphore se perdait dans toute cette poussière. Au bout de deux ou trois mois, il annonça à Azrak et Ida que son ambition à lui, c'était de devenir chauffeur de taxi.

Candi, Dieu sait pourquoi, était tombé en admiration devant les taxis parisiens, et devenir le conducteur de l'un d'entre eux, pour lui, signifiait conquérir cette capitale.

– Il faudrait seulement que tu m'apprennes à conduire, dit-il à Azrak.

– Seulement ? reprit Azrak. Tu dis « seulement » ? Mais est-ce que tu te rends compte que pour conduire un taxi, il faut connaître tous les noms de toutes les rues ? Et tu sais combien il y en a ? Six mille ! Et une fois que tu te les seras mises dans la tête, il faudra encore apprendre à y aller par le plus court chemin.

– J'apprendrai.

Il n'y avait rien à opposer à cela.

Il faut dire qu'elles avaient fière allure, les célèbres Renault KZ de la G7, avec leur marchepied, leur habitacle carré, clair et spacieux, leur carrosserie noir et grenat sévère mais élégante, que l'on reconnaissait de loin au coin des rues ou le long des trottoirs.

Il y avait aussi les voitures vertes de la compagnie rivale, immatriculées G3, et les G2 de « Kermina Métropole ». Mais LE taxi parisien par excellence, c'était le G7, au point qu'on ne disait pas prendre un taxi mais prendre un G7.

On se mit en devoir d'aider Candi à réaliser son rêve.

Il s'agissait de devenir incollable sur les rues et les itinéraires de Paris.

Simon fut mis à contribution. Depuis maintenant six ou sept ans qu'il faisait la brocante, il les connaissait par cœur, les rues. Un plan fut affiché dans la chambre de Candi. Celui-ci dut apprendre d'abord les grands axes, les places importantes. Puis il tournait le dos et répondait aux questions de son ami.

Après, on s'attaqua aux arrondissements, un par un. Puis aux itinéraires :

– Tu es gare de Lyon. Un client te demande de l'amener porte Saint-Martin. Tu fais quoi ?

– Facile ! La Bastille par la rue de Lyon... De là, je monte vers la République... Puis les boulevards !

Cela n'empêcha pas Candi de se perdre un nombre incalculable de fois dans le dédale parisien, avant d'être assez au courant pour pouvoir être recruté comme chauffeur à la G7.

Ce fut pour lui un grand jour que celui où, enfin, il put revêtir une blouse grise et, son éternel béret sur la tête, prendre les commandes de sa Renault.

À toutes fins utiles, il avait fièrement collé au pare-brise un écriteau précisant : « *Hablo español* ».

En fin de journée, il reconduisait son taxi au garage de la G7, rue Barrault dans le XIIIe, un endroit qu'on appelait aussi « La Petite Russie ». En effet, la compagnie avait construit au-dessus du garage des maisonnettes toutes identiques, destinées aux chauffeurs, qui étaient très souvent des Russes « blancs » émigrés avec leurs familles. Beaucoup se disaient comtes ou princes, certains l'étaient réellement, et tout en sillonnant la ville, ils contaient sans fin des histoires où passaient comme dans un rêve les avenues et les palais de Pétersbourg, les milliers d'hectares des domaines ruraux.

Ils racontaient aussi les horreurs de la révolution, et cela créait des occasions de chamailleries avec Azrak, lorsque Candi les lui répétait.

– Ces gens sont la fine fleur de la Russie tsariste ! Ils regrettent le temps où ils faisaient crever les paysans sous le knout. Voilà tout. Eh bien maintenant ils apprendront à travailler.

– Mais on dit que les paysans ne sont pas mieux traités aujourd'hui... La terre appartient à l'État...

– Pas à l'État : au peuple soviétique !

Par un accord tacite, ils évitaient d'aborder ce sujet en présence de Simon. Les dernières lettres qu'il avait adressées à Malka étaient revenues. Il avait fallu faire traduire par un collègue de Candi l'inscription en russe, qui voulait dire : n'habite plus à l'adresse indiquée.

Qu'était-il advenu de Malka ? Si elle avait déménagé, pourquoi n'avoir jamais envoyé sa nouvelle adresse ?

Ils ne le savaient pas. Ne le sauraient jamais. L'Histoire les rattrapait, eux qui ne demandaient qu'à gagner leur vie, à s'aimer, à rire, à être heureux.

L'année précédente, Samuel Schwartzbard, un jeune Juif russe, horloger de son état, avait abattu en plein Paris le nommé Petlioura, responsable d'abominables pogroms perpétrés en Ukraine entre 1918 et 1920. Défendu par l'illustre avocat maître Henry Torrès, Schwartzbard fut acquitté lorsque le jury eut entendu le détail des horreurs dont « la victime » s'était rendue responsable.

Que se passait-il donc là-bas ? Les discussions recommençaient. Pour Azrak, tout cela était de la propagande orchestrée par « les puissances d'argent ». Candi et Simon étaient bien placés pour comprendre son engagement quand il s'agissait du sort des travailleurs français. Mais bien vite les trois Princes renoncèrent à aborder le sujet de l'URSS.

*
**

Les affaires de Simon prospéraient. Bientôt il fut à même de s'offrir un local dans Paris, et dénicha une remise, 8 rue Saint-Julien-le-Pauvre, dans un entresol voisin de son domicile, pour y entreposer la marchandise achetée en semaine aux particuliers du quartier.

C'était une petite pièce si basse de plafond qu'on ne pouvait s'y tenir que plié en deux. Aussi quand Marius Grosperrin, le patron des Trois Maillets, véritable géant jurassien, le voyait là-dedans, il ne manquait pas de faire allusion à Louis XI et aux cages de fer dans lesquelles ses prisonniers ne pouvaient jamais se tenir debout. Simon riait, poliment, même à la quarante-sixième fois, pour ne pas faire de peine à Marius.

C'était un drôle de type que ce grand costaud aux sourcils broussailleux. Il avait eu la singulière idée de constituer, dans les caves de son café, un musée de la torture. Il avait dégoté et restauré d'anciens appareils de supplice, et faisait visiter l'endroit. En voyant cet homme – la gentillesse, la bonté et la générosité incarnées – Simon se demandait qui le poussait à bichonner ainsi ces carcans, ces brodequins à écraser les os, ces tenailles de fer qu'on faisait rougir pour arracher les tétons d'une malheureuse femme et lui faire avouer qu'elle menait commerce avec le Diable. Songeait-il aux souffrances qu'avaient fait endurer tous ces instruments de malheur ?

– Tu n'y comprends rien, Simon, pourtant avec ton métier, tu devrais... Tout cela, c'est de l'Histoire, mon vieux ! de l'Histoire !

Aux dernières nouvelles, le musée de la torture de Marius Grosperrin existe toujours aux Trois Maillets, devenu aujourd'hui un cabaret de jazz.

Ce furent les belles années de Simon. Il savait en profiter. Mon père a toujours été courageux, il s'est même souvent crevé au boulot, mais ce n'était cependant pas un but. Le but de la vie, c'était d'être heureux, d'avoir assez d'argent pour combler les siens et régaler les amis.

Il commençait tôt le matin ; ses journées finissaient de bonne heure. Très vite il devint grand amateur de cinéma, il s'y rendait aussi souvent que possible. Je me souviens qu'il idolâtrait Lon Chaney, le grand acteur du cinéma fantastique. Pour le reste, je crois bien qu'il avait tout vu : les Fantômas et autres Judex, les Charlot et les Buster Keaton, puis le parlant, les stars de l'époque, Marlene Dietrich, von Stroheim, Harry Baur, Raimu...

Dès que ses finances le lui permirent, il manifesta son goût de l'élégance vestimentaire, les jours où il n'était pas en train de tirer sa charrette à bras. Manteau, chapeau, gants, écharpe, épingles de cravate... Comme en outre il aimait les plaisirs de la table, il avait pris de l'embonpoint. Avec son teint mat et ses yeux noirs, cela lui donnait des allures de prince oriental. À Vernaison, cette silhouette allait devenir célèbre.

Les trois Princes mêlaient à leurs nouvelles habitudes parisiennes celles qui venaient de leur jeunesse ottomane. Ainsi se rendaient-ils régulièrement aux bains de vapeur, rue des Rosiers ou ailleurs. Ils plongeaient ainsi à nouveau dans les eaux de l'enfance, renouaient avec cette pratique multiséculaire que les

Romains appréciaient déjà – et qui n'a pas son pareil pour détendre, apaiser, remettre à neuf.

Après le bain, Simon retournait rue Galande, juste à côté des Trois Maillets, pour se faire raser chez Bokzek le coiffeur qui dissimulait sa calvitie sous un postiche. C'était un catholique polonais sujet aux passions politiques, un peu comme le coiffeur de Marcel Aymé dans *Travelingue*. Revêtu de sa blouse blanche, il se lançait dans d'impétueux commentaires sur l'actualité du jour, mettant la perruque en équilibre instable. Aucun gouvernement n'en sortait indemne. Il ponctuait chaque période de ses diatribes par de grands gestes violents, son rasoir-couteau brandi au bout de la main, ce qui n'allait pas sans provoquer une certaine terreur chez les clients, lorsque la terrible lame passait comme un éclair à deux doigts de leur physionomie.

Il faut dire que le monstre appelé Politique prenait une place croissante dans les préoccupations de tous et de chacun. Les frénétiques « Années folles », débordantes de charleston et de jazz, cédaient lentement et inexorablement la place à une ambiance de plus en plus lourde et inquiétante. Le climat d'insouciance de l'après-guerre avait disparu.

Face à la menace communiste et à la crise où s'enfonçait l'économie capitaliste, se déchaînaient un peu partout les nationalismes, les « solutions » autoritaires et dictatoriales. Pilsudski en Pologne transformait peu à peu la république en autocratie. Le parti nazi gagnait des voix et des militants en Allemagne. Mussolini annonçait qu'il allait refonder l'Empire romain. En France, l'opinion réactionnaire pourfendait la « Gueuse », la Putain, bref, la République. Beaucoup s'en prenaient déjà à des ennemis tout trouvés : les étrangers. « L'anti-France », comme on disait.

Un fossé se creusait entre les Juifs de vieille souche et leurs coreligionnaires immigrés. Les premiers avaient généralement le cœur à gauche, une gauche modérée ; les plus pauvres, les plus récemment arrivés, professaient volontiers une vive admiration pour ces « dix jours qui ébranlèrent le monde » et qui avaient chassé du trône le tsar Nicolas II. Ils pensaient que cette révolution avait « brisé les chaînes » des ghettos, et beaucoup avaient fait comme Azrak, adhérant au communisme, sans se rendre compte – ou en refusant de voir – que les dirigeants de l'URSS, Staline en tête, étaient férocement antisémites.

D'autres Juifs, les anciens combattants, qui se voulaient français avant tout, rejoignaient les « Croix-de-Feu » du colonel de La Rocque. Encore une preuve de l'absurdité des propos sur « les Juifs », qui sont ceci ou cela, qui pensent comme ceci ou comme cela. Il y en avait de tous les bords, de toutes les sensibilités.

La vie devenait plus dure. Le pouvoir d'achat dégringolait. Les faillites se multipliaient. Plus personne n'était à l'abri du chômage, et la misère, insensiblement, commença à marquer les villes et les campagnes de son empreinte. Un jour qu'il passait place de Fontenoy, Simon découvrit, bouche bée, une foule de pauvres types, une boîte de conserve vide à la main, qui faisaient la queue pour avoir un peu des restes de rata que l'armée leur distribuait. Jamais il n'aurait cru cela possible en France.

Près de la station de métro La Motte-Picquet s'était ouvert un magasin « à prix unique ». Son nom venait du fait que tout y était à dix francs. Il y régnait une odeur étrange, fade et prégnante : celle de la soupe qu'on y vendait.

Simon n'avait jamais été un de ces tempéraments pessimistes qui se désespèrent devant un ciel bleu en se demandant avec angoisse de quel point cardinal va surgir le premier nuage. Pourtant, il ressentit comme tout le monde, en ce début des années trente, une prémonition d'apocalypse.

Quoi qu'il en soit, il fallait vivre. Et si possible, vivre bien. Simon avait un faible pour les champs de courses où il jouait et perdait plus souvent qu'à son tour. Raisonnablement cependant, car il savait se garder des grands excès. Il observait. D'un côté, les gradins et la pelouse étaient remplis de pauvres ballots aux pantalons effrangés, aux vestes élimées, qui venaient de coller leur montre-bracelet au clou pour pouvoir encore mettre vingt francs dans la deuxième. Et pas très loin d'eux, mais tout de même séparés par quelques barrières de bon aloi, paradaient les « propriétaires », costumes sur mesure, vigogne à tous les étages et chemises de soie, accompagnés de dames emperlées, toutes roses d'émotion en voyant leur crack prendre un museau d'avance sur le favori de l'épreuve.

Simon rencontrait souvent aux courses une vague connaissance, un nommé Jacques qu'on appelait le Litvok parce qu'il était originaire de Lituanie. Autant Simon était prudent, autant le Litvok était l'authentique flambeur. Il ne vivait que pour ça. Il était électricien. Dès qu'il avait encaissé le montant d'une facture, il allait jouer. À mesure qu'il approchait des guichets, les billets dans le creux de la main, son visage changeait de couleur : il devenait gris.

Toujours perdant, pourchassé par une scoumoune jamais en défaut, il détenait le tuyau du siècle, mais ne remboursait jamais personne.

On avait l'impression que pour Jacques le Litvok, la roue de la fortune était voilée. Elle ne s'arrêtait jamais là où elle aurait dû. Il gémissait sur l'injustice du destin, disait qu'il n'avait pas de *mazel*, de chance.

– Jacques, lui disait philosophiquement mon père, le jeu est un vice, mais la pauvreté n'en est pas un. Alors profites-en !

*
**

À mesure que le temps passait, Simon devenait un véritable expert. Il repérait d'emblée les différents styles, faisait preuve d'un flair remarquable pour découvrir les bibelots passés de mode, les porcelaines dépareillées, les bronzes de grand-mères qui feraient la joie des amateurs. Peut-être que le parfum des choses qui ont vécu et se refusent à mourir imprègne toujours ces objets et leur permet de ressusciter entre les mains de celui qui à nouveau les aimera ?

Une partie de ses trouvailles était mise de côté rue Saint-Julien-le-Pauvre. Ce qui n'intéressait personne aujourd'hui pouvait trouver preneur demain. Le propre de la mode est de passer, mais c'est aussi de revenir.

Ce n'était pas seulement pour lui un métier : cela devenait un art et restait un plaisir. Il a toujours été un amoureux de la vie ; mais s'il est un lieu au monde où je sais qu'il fut heureux, c'est bien Vernaison.

Le Marché aux Puces était tout en même temps, la cour des Miracles, celle du roi Pétaud où tout le monde parle à la fois mais surtout la Foire aux merveilles. Un kaléidoscope de la vie, qui offrait à tout instant des couleurs inimitables et une touche magique. Un spectacle permanent et jamais identique. Les boutiques avaient attiré les guinguettes – on dit même que Piaf inconnue encore venait chanter dans le coin – et aussi les petits restaurants. Le premier fut celui d'une certaine Marie. Elle remplaça avantageusement les échoppes de l'avenue Michelet, où l'on vendait frites et moules qu'il fallait déguster sur le pouce. Après la guerre, le restaurant de Marie deviendrait « Chez Louisette ». Née à Saint-Ouen, Louisette réussit vite à faire de son restaurant le haut lieu des Puces. Le Tout-Paris et les visiteurs étrangers se devaient de le connaître. Les Puces de Vernaison devenaient un lieu à la mode. Il fallait venir s'y encanailler.

Tous les échantillons possibles d'humanité que le Créateur avait fabriqués passaient par là : gros richards amateurs de raretés, le chéquier à la main ; jeunes ménages modestes cherchant à se meubler sans trop de dépenses ; curés en soutane voulant embellir leur église ; collectionneurs obsédés (c'est un pléonasme !) cherchant à accroître leur série de cannes, de vieilles horloges ou d'instruments d'optique, nouveaux riches aux armoiries toutes fraîches en quête de meubles d'ancêtres, authentiques aristocrates venus liquider en douce leur dernière assiette blasonnée... La plupart du temps occupé à nettoyer un vieux cuivre, à cirer un meuble, à redonner quelque lustre aux articles qui en manquaient, Simon les regardait du coin de l'œil.

– Moi, disait-il, je fixe le prix à la tête du client, et je n'ai pas honte de l'avouer !

Mais il fallait bien voir ce que cela signifiait dans la philosophie commerciale de Simon.

– Un client arrive, regarde un objet, s'en empare, demande le prix. Moi, rien qu'à son allure, et surtout à la façon dont il le tient entre ses doigts, je sais déjà si ce sera cher ou pas trop cher. S'il a l'air de l'aimer, le prix baisse déjà. Le véritable amateur, celui qui est vraiment en extase devant son appareil photo à soufflets, ça se voit, ça se sent ! Il savait que cet objet existait, et il l'a trouvé. Pour lui c'est quelque chose de formidable. Il saura le restaurer, le bichonner, s'en servir. Alors là, je m'arrange pour qu'il puisse l'avoir sans se saigner aux quatre veines. Il le mérite ! Par contre, si je renifle le prétentieux bourré aux as qui veut seulement épater ses amis, la cote remonte...

Fréquemment, son ami Raphaël Klappish quittait sa boutique pour venir tailler une bavette.

– *Simon is a singuelman, mi darv trefen im a kallé*, disait-il.

Ce qui signifiait que Simon était célibataire et qu'il fallait lui trouver une fiancée. C'était l'idée fixe de Raphaël, qui s'en ouvrit un jour à une diseuse de bonne aventure.

Il faut dire que les tziganes et manouches étaient toutes devenues les amies de Simon. Voyantes extralucides, vendeuses de paniers ou de citrons, ou d'autres articles à la provenance incertaine, par ailleurs dépourvues de licence, elles étaient la cible préférée des policiers. Dès qu'elles en apercevaient un, c'est chez Simon qu'elles venaient se cacher ou simplement se reposer. Vêtues de rouge, de bleu, de jaune, foulard sur la tête, breloques aux mains et aux poignets, cigarettes à la bouche, jeunes et vieilles parlaient avec lui en français, en espagnol, en allemand, ou en tous ces langages entremêlés, mélangés, amalgamés en une sorte de sabir qui faisait ses délices et lui envoyait au cœur des bouffées venues tout droit de sa Constantinople la cosmopolite.

C'est donc à l'une d'entre elles que s'adressa Klappish pour parler du mariage de Simon.

– Une femme ? fiancée ? demanda-t-il.

La vieille, très sérieusement, examina la main de Simon avant de le fixer jusqu'au fond des yeux et de déclarer :

– Tu te marieras dans deux ans, mon fils, avec une jeune fille très belle.

Simon hochait la tête. Pas besoin de croire aux prédictions pour penser qu'il se marierait un jour. Et qu'il se marierait avec une femme qu'il trouverait belle. Voilà tout.

C'est vers cette époque qu'il quitta l'île Saint-Louis. Il avait dégoté deux petites pièces dans une rue nichée au bout du Marais. Cela ne l'éloignait pas trop de sa remise près de Saint-Julien-le-Pauvre ou des Trois Maillets chez les Grosperrin. L'endroit était vétuste et ne payait pas de mine, mais il aimait cette rue des Jardins-Saint-Paul, qui longe les anciennes fortifications de Philippe-Auguste, ainsi que les autres ruelles environnantes, la rue Charlemagne, la rue de l'Ave-Maria.

Il habitait au numéro 7. Candi logeait dans un hôtel meublé, rue de Jarente, tout près de là.

À l'époque, le quartier n'était pas devenu à la mode. Il y régnait une ambiance populaire, assez pauvre, qui lui rappelait son quartier Béréket Zadé. Partout les maisons de ceux qui n'ont « pas les moyens » se ressemblent : escaliers branlants, crépis qui s'effritent, commodités logées entre deux étages, quand ça n'est pas dans la cour.

La pauvreté, c'est comme les langues étrangères, il vaut mieux l'apprendre quand on est tout jeune. Cette langue universelle, Simon la connaissait. Il respira tout de suite dans ce quartier cet air qui, pour lui, était le véritable air de Paris, composé des innombrables parfums que tous les humains de cette fourmilière avaient apportés avec eux des quatre coins du monde. Le long de la même rue, vous changiez sans cesse de pays, de continent, en passant d'une boutique à l'autre. On finissait par se connaître à force de se croiser et de se recroiser. On se disait bonjour, on échangeait quelques mots. On se saluait d'une fenêtre à l'autre.

Cette connivence avait aussi ses mauvais côtés. Les nouvelles allaient vite, les vraies comme les fausses, surtout les fausses, naturellement. Il suffisait d'un mot, d'une petite phrase appuyés d'un regard ou d'un sourire, et l'on « savait » que la fille de la concierge du 9 c'était une vraie... ou encore que le mari de la grosse femme du 16 il avait une... Mais cette familiarité, avec ses petits inconvénients, était cent fois plus plaisante que cette indifférence torve, vaguement agressive, qui bien souvent l'a remplacée.

Le Paris des villages existait toujours. On ne disait guère « j'habite le XVIIIe ou le XIIIe ». On disait « je suis de la Chapelle », ou des Gobelins, des Batignolles, de Montparnasse. La rue des Jardins-Saint-Paul, elle, faisait partie du quartier juif.

Simon aima ce quartier, prit plaisir à flâner dans ses ruelles, à lier connaissance avec les uns et les autres.

– On apprend toujours quelque chose, disait-il.

Et d'évoquer par exemple le gardien de l'Oratoire de la rue des Écouffes. Une minuscule synagogue, aménagée dans un ancien magasin de chaussures. En vitrine, là où s'étaient trouvées les chaussures, brûlaient perpétuellement des bougies figurant les âmes mortes à la mémoire desquelles on versait une obole. Un jour Simon entra dans ce petit temple et s'adressa au gardien, un très vieux Juif qui psalmodiait à longueur de journée :

– À quel rite appartient cette synagogue ? Ashkénaze ou séfarade ?

Le vieil homme interrompit son marmonnement et réfléchit longuement en regardant la pointe de ses chaussures, le front plissé par l'effort. Puis, avec une immense simplicité, il dit :

– Quel rite ?... quel rite ?... Je ne sais pas... Le rite juif, voyons !

Et Simon n'avait jamais oublié cette réponse pleine de sagesse, donnée sans y penser par un brave homme qui se contentait de prier Dieu.

Parfois, au cours de l'année, il se présentait une jolie petite période de congé, conjonction heureuse entre une fête quelconque et une fin de semaine, propice aux balades et à la détente.

Tôt le matin, ou même la veille au soir, un équipage composé de la vieille Citroën d'Azrak et du G7 de Candi s'engageait en direction de Trouville et de Deauville.

Pas question, bien entendu, de s'offrir les hôtels de ces stations plutôt chic, à la mode depuis le siècle précédent. Ils campaient. Ils s'arrêtaient près d'une ferme, demandaient la permission au propriétaire de planter leur tente dans un coin de son pré, et d'accéder à la pompe à eau de sa cour. Des conditions sommaires qui n'empêchaient pas Azrak et Simon, le soir venu, tirés à quatre épingles, habillés comme des milords, de filer au casino pour s'offrir une joyeuse tournée de roulette, black-jack et chemin de fer.

Candi, économe de ses deniers, les laissait aller, l'œil réprobateur. Simon provoquait Azrak :

– Un prolétaire comme toi, s'offrir ces divertissements de bourgeois décadent ! Tu crois que les ouvriers soviétiques jouent à la roulette, eux ?

Mais Azrak, fier de sa belle chemise, de son costume, de sa casquette, devenait alors mystérieusement sourd, et c'étaient deux héros de cinéma qui gravissaient les marches du casino. Simon semblait né pour ce monde ; il prenait dans ces moments des allures d'Aga Khan. Au point d'oublier qu'il n'était pas aussi riche que l'imam des ismaïliens. Il ne s'inquiétait pas le moins du monde de perdre en quelques heures au casino ce qu'il avait gagné durant toute une semaine. Naïf comme tous les joueurs, il se persuadait que tôt ou tard il tomberait sur la série inespérée qui le rembourserait de toutes ses pertes et au-delà. Le mariage, plus tard, le ramènerait à de plus modestes espérances.

Beaucoup d'autres expéditions eurent lieu, certaines dans la caravane en bois qu'Azrak construisit lui-même et que tirait sa vieille Citroën.

Ce n'était pas toujours pour aller faire la java. L'envie les prit un jour d'aller sur les anciens champs de bataille de la « der des der ». Une drôle d'envie. Le temps et les hommes n'avaient pas encore eu la possibilité de redonner un peu de dignité à ces lieux, de planter dans les cimetières-charniers les petites croix blanches et le gazon impeccable qui en déréalise l'aspect. Toute l'horreur qu'ils recelaient était encore là presque intacte. Une désolation.

Aux beaux jours, quand ils n'avaient pas le loisir d'aller jusqu'aux plages de la Manche, ils filaient en fin de semaine au bord de la Seine à Ivry. Il y avait là une baignade, à l'endroit appelé le Port-à-l'Anglais. Des baignades semblables existaient même dans Paris, vers le pont Royal par exemple. L'eau de la Seine était-elle très propre à cette époque ? On ne s'en souciait guère. La rive était peuplée de minuscules pavillons où les Parisiens venaient en villégiature. Beaucoup pêchaient à la ligne. Il y a encore par là-bas des rues appelées rue des Goujons, rue des Ablettes... Mais les goujons et les ablettes ne se figurent plus que sur les plaques de rues !

Là encore ils retrouvaient le souvenir des baignades dans le Bosphore ou la Corne d'Or. Très bon nageur, excellent plongeur, Simon faisait toujours son petit effet sur les filles en exécutant des « sauts de l'ange » et des « sauts carpés ».

Ayant repéré un jour une jolie brune qui l'attirait beaucoup, il voulut se surpasser en enchaînant un saut périlleux avec un « tire-bouchon ». Le résultat dépassa ses espérances : lorsqu'il sortit de l'eau il avait perdu son maillot, provoquant une certaine émotion parmi les spectateurs.

Thérèse – ainsi s'appelait la jolie brune – avait probablement détourné la tête, gênée d'avoir provoqué cet exploit imprévu... Cela ne les empêcha pas de faire connaissance un peu plus tard. Deux semaines après, elle vint habiter chez lui.

Au rez-de-chaussée du 7 rue des Jardins-Saint-Paul vivait une figure qui devait marquer Simon à tout jamais : Boubé Golter.

Boubé Golter était le parangon, le prototype de la grand-mère russe, le pur symbole de ces vieilles dames juives dont s'est emparée la légende et que la barbarie nazie a supprimées de notre monde.

Boubé, en yiddish, c'est le petit nom gentil pour grand-mère. Qui, dans son enfance, dans sa vie, n'a pas aimé une mémé, une mamie, une bonne-maman, en un mot : une Boubé ? Il serait bien à plaindre.

Boubé Golter ne portait jamais d'autre couleur que le noir : grands jupons noirs qui tombaient jusqu'au sol, châle noir sur les épaules, fichu noir sur la tête quand elle sortait. Elle parlait parfaitement le russe et le yiddish, mais ne connaissait pas un mot de français.

Boubé était très *froum*, très pieuse. Dès le vendredi

soir, les repas du samedi et du dimanche étaient prêts, car sa foi lui interdisait de travailler le jour du shabat. Après avoir allumé les bougies du Seder, qui annoncent le triomphe de la lumière sur l'obscurité, celui de l'esprit sur l'ignorance, Boubé se lavait les mains avec du sable et les essuyait d'un linge immaculé réservé à cet usage.

Elle avait cinq enfants, David, Jacques, Charles, Sophie et Jeanne. Cela ne l'empêcha pas, dès qu'elle fit la connaissance de Simon, de l'adopter comme un fils de plus. « *A za ziss kind* », disait-elle : un si bon garçon.

Elle allait prendre dans le cœur de mon père la place que Cadoune avait occupée à Béréket Zadé, et qui restait bien vide : celle d'une maman.

C'est que le temps passait, amenant son inévitable lot de mélancolie. Une lettre, cette année-là, une triste lettre, lui apprit que son père était mort. Avec lui s'en allaient quelques-uns des plus beaux souvenirs de Simon : les samedis au Grand Bazar, la boutique...

Cadoune, malgré les deuils – elle avait aussi perdu David, un des frères de Simon –, ne se portait pas trop mal. Elle vivait entre Esther et Motel, qui s'étaient mariés l'un et l'autre, mais qui l'avaient gardée près d'eux. Le grand-père Abraham se faisait très vieux, il n'habitait plus au selamite, son logement de fonction à Topkapi. Celui qui l'avait remplacé aux cuisines du palais impérial – ou plutôt, désormais, présidentiel – venait causer avec lui. Il apportait toujours de bonnes choses pour la famille.

Le palais impérial ! Lorsque Simon repensait à l'expédition des trois Princes dans le harem, cela lui paraissait tellement loin qu'il se demandait s'il ne l'avait pas lu dans un roman.

Alors il prenait conscience de la fragilité de tout, de la rapidité avec laquelle fuient les années. Il alla plus souvent voir la tante Diamenta, toujours avec quelques sous en poche, n'oubliant pas la générosité avec laquelle cette femme qui avait toujours été pauvre l'avait reçu lors de son arrivée. Elle refusait d'abord l'argent, puis l'acceptait. Mordechaï, son mari le bedeau, avait fini par mourir. D'une cirrhose du foie, naturellement.

Simon pensait à Malka.

Longtemps la famille avait voulu croire qu'il s'agissait de difficultés avec les différentes postes. Une lettre expédiée de Constantinople n'avait-elle pas mis presque un an pour parvenir à Paris ? Alors, depuis l'Union soviétique !...

Mais le silence n'en finissait pas de se prolonger, et l'inquiétude de croître. Les jours, les semaines, les mois passaient et rien, plus rien que cette absence de nouvelles. Ces lettres retournées avec la mention « destinataire inconnu ». Cadoune, dans ses lettres, disait à Simon avec une tendre naïveté : « Puisque tu es heureux en France, fais tout ce que tu peux pour retrouver ta sœur. » Ah, cette France ! Décidément tout y semblait possible ! Mais Simon voyait mal ce qu'il aurait pu faire.

Nous n'avons jamais su, et aujourd'hui encore je ne sais toujours pas, ce qu'est devenue ma tante Malka, pour qui avaient battu les cœurs de Candi et d'Azrak. Est-elle morte au tréfonds d'un goulag, a-t-elle disparu au cours des fameuses purges staliniennes ? Ivan et elle avaient-ils cru pouvoir s'opposer à la dictature bolchevique – ou été suspectés de le faire ? Et j'entends murmurer aujourd'hui – ou clamer à voix haute – que les Juifs sont obsédés par leurs histoires... Mais y a-t-il une famille juive sur cette terre qui ne compte pas des parents, des amis, des voisins disparus dans tous les enfers barbelés de ce siècle ?

Simon pensait à toutes ces choses, et il était soulagé d'aller les confier, comme un petit garçon, à la douce Boubé Golter.

*
**

Tout tournait mal. Éclatèrent une série de scandales politico-financiers dont le point culminant fut l'affaire Stavisky. Comme de nombreux hommes politiques y étaient mêlés, les extrémistes adversaires de la République en profitèrent pour affirmer que nos dirigeants étaient tous pourris. Certains cafés en étaient arrivés à afficher : « Ici, on ne sert pas les députés ».

Puis ce fut l'émeute. Petits-bourgeois ruinés, ligues fascistes, jeunes factions à cannes plombées, tous ceux qui pensaient avoir une bonne raison de s'en prendre au régime convergèrent le 6 février 1934 vers la place de la Concorde pour attaquer la Chambre des députés, oubliant qu'ils devaient d'abord franchir la Seine. Les plus féroces parmi ces « manifestants », comme on les appelait, s'en prirent aux jambes des chevaux des gardes républicains en les tailladant à coups de rasoir. La République tint bon et, quelques jours plus tard, ses défenseurs descendaient dans la rue pour montrer qu'eux aussi étaient là.

Les plus petits se mirent à imiter les plus grands. Dans les écoles, les gosses jouaient « aux manifestants » en s'en prenant à celui qu'ils aimaient le moins. À dix contre un. Comme de vrais adultes...

Rien n'est plus favorable aux extrémistes que des temps troublés ou incertains. Soigneusement attisées, les vieilles haines resurgirent, plus virulentes que jamais.

Un soir, Candi rejoignit Simon chez Grosperrin, tout excité.

– Celle-là, alors, elle est bonne !

Il commanda un verre et raconta son histoire. En fin de journée, il avait chargé un client du côté de la gare de Lyon, à destination de Fontenay-sous-Bois.

– J'abaisse le drapeau, on démarre... On n'avait pas fait deux cents mètres qu'il commence son cirque, la politique, tout ça... Ça devenait urgent de remettre la France au travail et les bonnes femmes à la maison... Renouer avec l'esprit de sacrifice, chasser les apatrides, mater la racaille judéo-maçonnique... Les Juifs par-ci, les Juifs par-là...

– Tu l'as envoyé sur les roses ?

– Euh... D'une certaine façon, oui, si tu veux... J'en ai d'abord rajouté. J'approuvais bruyamment, je relançais. Moyennant quoi on est arrivés à Fontenay... À Fontenay-aux-Roses ! Là je me suis arrêté pile, et je l'ai prié de descendre. Le type regarde autour de lui, fronce les sourcils : Mais j'avais dit Fontenay-sous-Bois... Eh oui, je lui dis. Encore un mauvais coup d'un de ces sales youpins que vous détestez. Bon, à cette heure-ci, j'espère que vous trouverez un autre taxi pour vous ramener...

Ce fut dans ces temps incertains que la petite Fernande vint au monde. La petite Fernande était la fille d'Azrak et d'Ida.

Ceux-ci demandèrent à Simon d'être son parrain. Quelques mois plus tôt, Azrak lui avait confié à voix très basse qu'Ida attendait un bébé. À cette époque, les futures mamans faisaient des prouesses pour masquer leur état, comme si elles encouraient la réprobation générale. Lorsque Simon avait félicité Ida, la pauvre avait rougi comme une betterave.

Du jour de sa naissance, Fernande fut de toutes les fêtes, de toutes les balades, au bois de Boulogne, sur la Seine... Et un peu plus tard, pendant les vacances, aux Sables-d'Olonne ou à Berck-Plage.

Car il y avait maintenant les congés payés. Le gouvernement du Front populaire avait contraint les patrons à payer quinze jours de vacances par an aux employés et aux ouvriers.

Alors, en route vers Berck... Le temps est plutôt frais sur cette plage du Nord. Mais Azrak y tenait beaucoup. Il disait que l'air de là-bas, il y avait rien de meilleur pour les poumons.

Simon, étant son propre patron, s'autorisait à les accompagner, quitte à mettre les bouchées doubles en revenant. Entre deux javas il revenait trôner dans son stand à Vernaison du samedi au lundi, qu'il pleuve ou qu'il vente.

La jolie Thérèse, rencontrée au bord de la Seine, partageait maintenant sa vie. Mais bientôt, elle trouva que vivre avec Simon n'était pas suffisant pour assurer son bonheur. Ce qu'elle voulait, c'était le mariage et un enfant.

Simon n'aurait rien eu contre : il éprouvait pour elle un attachement sincère. Mais il se souvint alors du serment fait à Cadoune, bien des années plus tôt, sur le port de Constantinople, alors que l'appelait la puissante sirène du bateau *L'Arménie*...

Pendant des semaines et des semaines il fut déchiré entre le respect que l'on doit à ce qui a été promis et l'amour qu'il éprouvait pour Thérèse.

Elle était catholique, mais ce n'était pas la question religieuse qui hantait Simon. La religion, on la porte dans son cœur, le reste ne compte pas. Il n'y avait que cette petite phrase de rien du tout qui lui interdisait tout recours : « Je te le promets, maman ! » Lui faudrait-il l'entendre, cette phrase, lui sonner aux oreilles jusqu'à son dernier jour comme un reproche et un regret ?

Thérèse comprit. Ce qui ne veut pas dire qu'elle accepta. Elle commença par gémir qu'il était un ingrat, qu'elle « s'était donnée à lui », comme on disait alors dans la bonne littérature. Puis vinrent les menaces de suicide. Un soir, en revenant des Puces, il la trouverait là, étendue, déjà bleue... Il se jetterait comme un fou sur ce corps déjà froid qu'il avait tant aimé, puis repoussé, mais ce serait trop tard... Et il n'aurait jamais assez de larmes pour la regretter. Enfin, un magnifique mélo, dont il lui semblait avoir lu les répliques, deux jours plus tôt, dans une revue sentimentale pour dames qui se trouvait là.

Simon n'en était pas moins très abattu. Il restait profondément attaché à cette superbe fille, tendre et aimante.

Ce fut elle qui finalement le quitta. Je ne connais pas les détails de l'histoire. Sans doute Thérèse estimait-elle n'avoir pas de temps à perdre, et un autre candidat se présenta-t-il... Toujours est-il qu'elle s'en alla.

Simon passa par une période difficile. Il se traînait, sans but ni désir. Azrak et Candi avaient beau faire ce qu'ils pouvaient pour lui remonter le moral, son chagrin était le plus fort.

Il évitait tous les lieux que Thérèse et lui avaient fréquentés. Il retapissa ses deux pièces, changea les meubles de place, apporta de nouveaux bibelots pour remplacer ceux qu'elle avait connus, touchés, époussetés ou même achetés. Toutes ces pauvres ruses ne servirent pas à grand-chose.

C'était son premier chagrin d'amour. C'était comme une blessure dont la cicatrice se fait douloureuse quand le temps change. Il suffisait qu'il croisât une jeune femme dont l'allure, le sourire ou le regard lui rappelaient Thérèse pour avoir subitement la gorge nouée, le cœur étreint.

Puis un jour, bien plus tard, dans un wagon du métro, il la revit. Elle était en grande conversation avec un grand brun un peu dans son genre. Il s'aperçut que cette rencontre le laissait indifférent.

La page était tournée.

Boubé Golter s'était fait du souci avec cette histoire. La tante Diamenta aussi, les amis également.

Il n'y avait qu'une seule personne que le départ de Thérèse n'avait pas chagrinée. C'était une des jeunes filles de l'immeuble, qui vivait avec sa mère et qui s'appelait Léontine.

Ce pourrait être le début d'un épisode sentimental, mais la réalité fut bien différente.

Léontine était une véritable terreur. Elle s'en prenait aux uns et aux autres, n'épargnant pas même sa malheureuse mère qui gémissait : « *O, vaïz mir ! Was at mir gechein ?* » Pauvre de moi, qu'ai-je fait pour mériter ce sort ?

Malheureuse Léontine ! La nature ne l'avait pas gâtée. Elle était prognathe, de petite taille, noire comme un pruneau. Elle s'acharnait à parler yiddish avec l'accent parisien. On songeait en la voyant à la célèbre phrase du *Guide Michelin* : mérite un détour. Un large détour !

Sa malheureuse mère avait bien tenté de la caser en faisant appel à la meilleure *shatrounem*, c'est-à-dire à la meilleure marieuse du quartier. Mais c'était sans espoir. À peine Léontine entrevue, la victime désignée prenait le large sous tous les prétextes possibles.

Et Léontine avait jeté son dévolu sur Simon. C'était d'autant plus commode (pour elle) et ennuyeux (pour lui) que, habitant l'immeuble, il ne pouvait guère l'éviter. À peine mettait-il un pied en dehors de ses deux pièces qu'elle était là, à multiplier les minauderies. Gentleman avant tout, il répondait à ses chatteries du mieux qu'il pouvait, puis trouvait une excuse pour abréger l'entretien : rendez-vous urgent, importante réunion, grosse vente à traiter. Il en était arrivé à utiliser des ruses de Sioux pour sortir.

Il descendait la moitié de l'étage les chaussures à la main pour éviter le moindre bruit.

Boubé Golter n'aimait pas Léontine. Elle disait que c'était une faiseuse d'histoires, de *gratchkès*. Savoir que son « bon garçon » était la proie de ce pot de glu l'indisposait au plus haut point. Elle décida donc d'intervenir et déclara tout de go à Léontine qu'il fallait cesser d'importuner Simon, que d'ailleurs elle n'intéressait pas.

Mais Léontine n'était pas prête à obtempérer à ce genre de conseil. Elle commença par envoyer la vieille dame chez Plumeau en lui demandant de se mêler de ce qui la regardait. Boubé Golter, dont le sang russe pouvait s'échauffer facilement, cria et la traita de *gour nicht mit nicht*. La « moins que rien » en question répliqua à son tour par un mot certainement fort grossier. Boubé lui mit sa main sur la figure.

Léontine partit en hurlant au meurtre, poursuivie par la colère de Boubé.

– Aucun de mes enfants n'a jamais osé me parler comme ça ! Va pleurer dans les jupes de ta mère !... *Douraka ti !* criait-elle dans les escaliers, dont toutes les portes s'étaient ouvertes pour mieux entendre cette Justice poursuivant le Crime.

– Et si j'apprends que tu ne laisses pas mon Simon tranquille, je te transforme en *geakte leibe* !

Précisons que le *geakte leibe* est un plat traditionnel, composé de foie haché.

*
**

Simon continuait à rechercher et à trouver de beaux objets destinés à alimenter son petit commerce. Il avait d'excellents clients près du Bon Marché, dans ce coin du VIIe arrondissement dont les merveilleux jardins se dissimulent derrière de très hauts murs, comme s'ils craignaient en se montrant de faire saliver les promoteurs immobiliers.

Ces clients étaient des religieux. Les ordres catholiques sont nombreux dans ce secteur ; souvent ils vendaient des objets cultuels que mon père remettait en état et exposait dans son échoppe, jusqu'à ce qu'un client-prince charmant vienne les tirer de leur sommeil.

On ne devient pas autrement spécialiste en art religieux.

Ses meilleurs amis se nommaient le père Duprez, qui appartenait aux frères lazaristes de la rue de Sèvres, la sœur Michèle, rue du Bac, la sœur Rufina de Notre-Dame-de-Sion, la sœur Catherine, la sœur Mathilde, la sœur Henriette, la sœur Stéphanie, de la congrégation de la Médaille miraculeuse.

Toutes ces religieuses, dans ces couvents paisibles derrière leurs grands murs, évoquaient le dernier acte de *Cyrano de Bergerac*. Et comme dans la pièce de Rostand, ces femmes charmantes et mesurées priaient pour leur héros, parfois avec son autorisation... En effet, comme il arrivait souvent avec mon père, les relations commerciales s'étaient bien vite transformées en une sorte de connivence amicale entre les religieux ou religieuses et lui. Il lui arrivait fréquemment d'aller leur rendre visite pour le plaisir. C'était des gens simples dont il aimait la modestie, la réserve et la foi... Une foi parfois naïve, mais souvent bien subtile.

Sa préférée était une très vieille religieuse de Saint-Vincent-de-Paul, la sœur Montaigne, dont la gigantesque coiffe amidonnée se mettait à battre des ailes à chacun de ses pas, la faisant ressembler à une immense mouette essayant vainement de prendre son vol.

Ces relations d'affaires avec des communautés religieuses ne manquaient pas d'éveiller le soupçon des dévots. Un « Juif étranger » achetant des ciboires ou des chandeliers, pensez donc ! À cela, mon père répondait de façon très simple : si l'on jugeait sacrilège de vendre des objets de piété, il ne fallait s'en prendre qu'à ceux qui les mettaient en vente. Il n'y forçait personne et, une fois propriétaire desdits objets, il les restaurait et les exposait avec tous les égards dus à leur ancienneté ou à leur beauté.

– D'ailleurs, racontait-il, on n'avait pas affaire qu'à des anges ! Je ne suis pas près d'oublier la sœur Benoît, qui a bien réussi à m'estamper comme un gogo !

« Économe » de sa communauté – on dirait aujourd'hui intendante –, la sœur Benoît n'avait pas eu de scrupule à cabosser quelques pièces d'étain d'acquisition récente afin de les faire passer pour anciennes. Lorsqu'il s'en aperçut, Simon n'hésita pas à aller la voir, et à lui demander si elle considérait le mensonge et le vol comme des vertus évangéliques. Elle avait marmonné et tourné les talons, rassemblant ses vastes jupes.

– C'est ça ! avait-il lancé. Dépêchez-vous donc d'aller vous confesser !

Le frère Clonsard était plus redoutable, mais pour des raisons bien différentes. C'était la crème des hommes. Il n'avait qu'un défaut : il se piquait de connaître le métier de tailleur – c'était sa petite vanité – et s'était mis en tête de fabriquer un costume à Simon.

Le jour où celui-ci parut devant Candi et Azrak avec le « trois pièces » du frère Clonsard, il recueillit un franc succès de rigolade. Le costume finit au placard. Sauf naturellement les jours où Simon devait retourner voir le bon frère...

J'ai toujours admiré l'aisance avec laquelle mon père avait su établir des relations cordiales et solides, non seulement avec ces religieux, mais avec toutes sortes de gens, dans les milieux les plus divers. J'ai vu défiler dans sa boutique, plus tard, aussi bien les clochards à qui il donnait la pièce, ou les gitans du voisinage, que les bourgeois du XVIe ou les savants amateurs d'art. Sa simplicité, son humour, sa tolérance faisaient merveille. Il séduisait sans le chercher. Il savait écouter. Il respectait les gens, et, quel que soit son désir de faire de bonnes affaires, il ne mentait jamais.

Rue des Jardins-Saint-Paul, Léontine s'était résignée à ne pas succéder à Thérèse dans le cœur de Simon.

Elle avait jeté son dévolu sur Candi.

C'était aller de Charybde en Scylla. Le malheureux, épouvanté, fit comme tant d'autres : il chercha par tous les moyens à fuir ces assiduités encombrantes. De toute façon, Candi était un solitaire. Alors que

Simon et Azrak rivalisaient auprès des belles, Candi demeurait en retrait. Il y avait un mystère en lui. Il aimait sa solitude. Sa piaule, son taxi. Simon n'osait guère le cuisiner sur ce sujet, mais il se prenait parfois à penser qu'au fond de son cœur, Candi n'avait jamais cessé de regretter Malka.

Ce fut dans cette période que Simon, en descendant tous le matin l'escalier de l'immeuble, eut l'attention attirée par un bruit léger provenant d'une porte du deuxième étage.

Quelque chose comme le ronronnement régulier d'une machine à coudre.

IV

MARIE

C'était le temps des émigrants.

Misère économique, persécutions politiques ou raciales, guerres civiles, dictatures... Dans toutes les gares, dans tous les ports du vieux continent, on pouvait croiser ces figures pathétiques, traînant dans des paquets et des valises ce qui résumait leur vie passée.

Parmi ces femmes, ces hommes, ces enfants, qu'a si bien su montrer le génie de Charlie Chaplin, débarqua sur le quai de la gare de l'Est, un jour de 1938, une jeune fille aux yeux verts.

Elle avait de longs cheveux blonds. Elle était jolie. Elle s'appelait Marie Geceles. Elle était juive et polonaise.

Perdue au milieu de ce hall traversé de fumées, de jets de vapeur et de sifflets de locomotives, elle ignorait qu'un jour elle serait ma mère et la seule femme que Simon ait vraiment aimée d'amour.

Il est difficile d'imaginer le désarroi qui peut peser sur un être lorsqu'il se retrouve dans une ville immense et inconnue comme Paris. D'autant plus que Marie ne parlait que le polonais et le yiddish. Sa seule ressource était l'adresse d'un coreligionnaire qui, à ce qu'on lui avait dit avant son départ, lui procurerait peut-être un logement.

Elle jeta les yeux sur le morceau de papier, et se rendit comme elle put dans le « Pletzel », où elle put en effet emménager dans une chambre miteuse.

C'était au deuxième étage du 7, rue des Jardins-Saint-Paul.

Elle n'avait pas de papiers. Elle se trouvait dans l'illégalité la plus totale. Elle n'avait pas d'amis ni de relations à Paris. Il fallait cependant survivre.

Hier comme aujourd'hui, le travail à domicile incarnait la misère des immigrés sans existence légale, forcés d'accepter n'importe quel salaire, n'importe quelles cadences pour ne pas mourir de faim. Au XXe siècle, pas besoin de chaînes aux pieds pour être un esclave : il suffit de ne pas avoir de pièce d'identité. Au bout de quelques jours, Marie devint l'une de ces travailleuses « à façon ».

Le travail qu'elle trouva consistait à assembler des jupes pour le compte d'un certain monsieur Émile, peu recommandable personnage de négrier, qui payait à la pièce. Il fournissait la machine à coudre et les coupons ; il passait ensuite récupérer les jupes.

Marie se mit donc à coudre des jupes, tout au long du jour et jusque tard dans la nuit, accrochée à sa machine Singer, derrière ses volets bouclés pour ne pas être repérée.

Là-bas, en Pologne, à Piotrokow Trybunalski, siège du tribunal de la province de Lodz, où elle avait laissé Rose et Jezekel, ses parents – elle était l'aînée de trois enfants –, Marie Geceles aurait pu exercer la profession d'institutrice, à laquelle ses études et sa vocation la destinaient.

Elle l'aurait pu sans le climat de discrimination antisémite, de plus en plus lourd, que faisait régner le régime autoritaire et nationaliste mis en place par le maréchal Pilsudski. Loin d'aboutir à un changement d'orientation, la mort de ce dernier n'avait fait qu'aggraver les choses. Le colonel Kowalevski hurlait que les Juifs étaient trop nombreux, qu'il fallait les expédier massivement ailleurs et ainsi régler le « problème juif ». Madagascar lui semblait l'idéal. Pourquoi Madagascar ? Sans doute parce que c'était loin. Personne, même à la Société des Nations, ne se demandait d'ailleurs où résidait le fameux « problème juif ».

Le grandiose projet de Kowalevski ne fut pas oublié de tous : les nazis sauraient se le rappeler le moment venu.

Les parents de Marie, très religieux, avaient eu tendance à courber le dos, en espérant s'épargner des ennuis. Les Juifs n'avaient-ils pas depuis tant de génération et dans tant de pays pris l'habitude de laisser passer l'orage ?

Mais les temps changeaient. Et puis on se révolte plus facilement quand on est jeune. Marie, sa sœur et son frère n'acceptaient pas de voir les Juifs écartés sans espoir de tous les postes de l'industrie et de la vie publique. Aurait-on trouvé seulement dix fonctionnaires juifs dans tout le territoire polonais ? Ils n'admettaient pas que la Pologne fût un pays où les artisans juifs travaillaient jour et nuit, pour ne pas mourir de faim, terrés dans des boutiques semi-clandestines, chacun tremblant à l'idée de recevoir la visite d'un fonctionnaire polonais, policier ou collecteur d'impôts.

Les enfants Geceles s'étaient inscrits au Bund, le parti socialiste juif antisioniste, devenu au fil du temps l'ennemi public numéro 1 du gouvernement.

Déjà Nathan Geceles, le jeune frère du père de Marie, avait dû fuir aux États-Unis : âgé de vingt ans à peine, il avait tué en état de légitime défense un milicien polonais ivre qui le menaçait de son arme. À la suite de cet épisode, la famille avait subi pendant des années des vexations de toutes sortes. Lorsque les enfants furent connus en tant que militants très actifs du Bund, la pression s'accrut jusqu'à l'insupportable.

Marie, écœurée, finit par en tirer les conclusions : elle s'en irait, elle aussi.

Elle s'était d'abord installée à Vienne. Mais bientôt ce fut l'Anschluss, le déferlement de la soldatesque nazie. Elle savait ce qu'il fallait en attendre.

Elle avait décidé de gagner Paris.

C'était le même mirage qu'avait suivi Simon. La France, pour Marie, c'était le pays où chacun pouvait vivre libre, c'était le pays de Romain Rolland et d'Anatole France, deux écrivains qu'elle citait toujours. Elle connaissait par cœur des passages entiers de *Jean-Christophe*.

Perle, sa sœur, avait elle aussi choisi le départ. Avec son mari, elle vivait désormais au Danemark.

Et c'est ainsi que Marie se retrouva rue des Jardins-Saint-Paul, cloîtrée jour et nuit devant une machine à coudre.

Les semaines s'ajoutèrent aux semaines. Pour ne pas inquiéter ses parents, Marie leur écrivait que tout allait bien, que Paris était bien la superbe ville dont on parlait chez eux, et la France ce chaleureux pays d'accueil dont tous avaient rêvé.

Mais elle était et demeurait clandestine. Mais des splendeurs de Paris elle n'avait à peu près rien vu.

Certes, elle avait de quoi ne pas mourir de faim. Mais elle était livrée pieds et poings liés au bon vouloir des monsieur Émile de toutes sortes. Elle était tombée dans un piège qu'elle avait d'ailleurs parfaitement vu se refermer, sans pouvoir faire quoi que ce soit d'autre.

Chaque jour, elle se demandait si elle résisterait longtemps à une pareille existence. Qu'allait-elle devenir ? Allait-elle assembler des jupes jusqu'à ce que ses cheveux deviennent blancs et qu'on la trouve un jour sans vie, le nez sur la Singer ?

Cependant, on ne pouvait pas rester très longtemps inaperçu dans le quartier où elle avait échoué.

Simon, lorsqu'il descendait de l'étage supérieur, n'avait pas laissé d'être intrigué, en passant devant sa porte, par ce ronron léger et incessant de machine. Boubé Golter, interrogée, lui avait dit qu'il s'agissait d'une jeune Polonaise qui venait d'arriver et qui lui paraissait très sauvage. À plusieurs reprises, en effet, la vieille dame russe avait tenté de lier conversation. Elle l'avait invitée à venir boire le thé. La jolie Polonaise avait fini par accepter, mais elle n'était restée que quelques minutes, après quoi elle s'était empressée de regagner sa chambre. On aurait dit qu'elle avait peur de quelque chose.

Boubé Golter en avait déduit qu'il s'agissait d'une sauvageonne, bien loin de soupçonner la raison qui empêchait Marie de s'attarder : les jupes. Pas le temps de manger ! Pas le temps de boire le thé ! Pas le temps de parler ! Monsieur Émile attendait ses jupes.

Cela aurait pu durer fort longtemps sans un incident qui se produisit un soir.

Rien de bien grave en soi : une panne de courant.

Mais pour Marie, une catastrophe.

L'unique ampoule, au-dessus de sa tête, s'était éteinte. Marie se retrouvait dans le noir, incapable de continuer le travail que monsieur Émile viendrait chercher le lendemain matin.

Abasourdie, elle resta immobile au milieu de sa montagne de jupes pas encore piquées. Elle tenta de se rasséréner : le courant allait bien revenir.

Mais les minutes passaient et le courant ne revenait pas.

Elle avait certes la possibilité d'aller se coucher, mais elle voyait s'additionner le nombre de jupes qui ne seraient pas prêtes et la somme que cela représentait.

Que faire ?

Ce fut la goutte d'eau qui fit déborder le vase. Le désespoir la saisit soudain, lourd, profond. Opaque.

Des semaines qu'elle trimait toute seule, inconnue, dans cette chambre de misère, au milieu de cette immense ville étrangère où des millions de gens vivaient, dormaient, s'activaient, s'amusaient, poursuivaient leur vie... Elle, au milieu de tout ça, elle pouvait bien mourir : personne ne s'en apercevrait. Et comme si cela ne suffisait pas, il fallait en plus cet incident, dérisoire pour n'importe qui, mais pour elle un désastre.

À qui demander de l'aide ? Marie se méfiait de tout et de tous. Elle voyait des policiers partout. On n'oublie pas aisément les persécutions d'un régime comme celui qu'elle avait connu là-bas.

Ainsi avait-elle un peu peur de ce grand type aux cheveux noirs qui habitait au-dessus. Ce n'était pas qu'il fût antipathique : il l'avait saluée en souriant, dans l'escalier, les quelques fois où, remontant avec son morceau de pain, elle n'avait pas eu le temps de se précipiter chez elle avant de le croiser. Sa prestance, son élégance, son air dégagé : tout dénotait l'homme puissant, qui ne craint personne. Un genre de milicien, assurément !

Toujours perdue dans l'obscurité, elle résolut de s'adresser à la vieille dame d'en bas, celle qui lui avait gentiment offert du thé. Peut-être tout l'immeuble était-il dans le noir ? Peut-être était-ce fréquent, et la dame saurait-elle lui dire si cela risquait d'être long ?

Catastrophe ! À peine était-elle sortie sur le palier qu'elle se trouva nez à nez avec son voisin du dessus, le policier avantageux qui lui dédiait de terribles sourires !

Il était là, planté devant elle. En pleine lumière, car la minuterie de l'escalier marchait.

Il allait l'arrêter. La persécuter d'une façon ou d'une autre. C'était sûr.

Marie resta là, figée, balbutiante.

Mais au lieu de lui demander ses papiers en aboyant, Simon lui fit un grand sourire rassurant et lui demanda en yiddish ce qui se passait.

– *Vouss titser ?*

Les yeux verts de Marie s'agrandirent de surprise. Elle n'en revenait pas ! Ou c'était un yid, ou c'était un inspecteur. Mais un inspecteur juif ? Elle ne connaissait pas encore assez la France pour savoir si la chose était possible ou non.

Alors elle éclata en sanglots, et, sous l'effet d'une impulsion incompréhensible, elle se jeta ruisselante de larmes sur la poitrine de Simon.

S'il existe une situation où un homme est particulièrement dans ses petits souliers, c'est bien lorsqu'une femme se met à pleurer devant lui. Mais si de plus elle s'est blottie contre sa poitrine et que même dans cet état elle reste jolie comme un cœur, alors c'est la débâcle de l'amour-propre, la Bérézina du respect humain.

Après des « je vous en prie... je vous en prie... » qui restèrent sans effet, Simon, avec une maladresse admirable, lui releva le menton et, au lieu de tenter de la calmer, se noya immédiatement dans ses yeux verts pleins de larmes.

Ils restèrent ainsi un long moment, immobiles, silencieux, jusqu'à ce que Marie retrouve un peu de sang-froid et s'arrête de pleurer.

Le savait-il ou non ? En tout cas Simon était déjà tombé amoureux de ces yeux verts, de ces cheveux blonds, de cette fragilité gracieuse qui tentait de ravaler ses larmes.

La voix mal assurée, il déclara qu'il allait tâcher de

découvrir les causes de cette panne. Il pénétra dans la chambre, qu'éclairait suffisamment la lumière du palier, et dont la machine à coudre occupait une bonne partie.

La table branlante et l'unique chaise disparaissaient sous une montagne de jupes qui attendaient leur tour.

Il fit le tour de la pièce et aperçut dans un coin un matelas sur lequel il laissa tomber un regard accablé, tant il semblait mince et fatigué.

Marie le suivait pas à pas, gênée qu'il découvrît ainsi dans quelle misère elle vivait.

Simon s'arrêta, se retourna vers elle, sans doute trop brusquement, car elle fit un pas en arrière et étouffa un cri de peur.

Mais il se contenta de lui demander d'un ton tranquille où se trouvaient les fusibles. Comme naturellement elle l'ignorait, il chercha et trouva rapidement la boîte et le compteur.

Les fusibles avaient fondu.

– Avez-vous du fil de plomb ? demanda-t-il, toujours en yiddish. Elle se précipita et, pleine de reconnaissance, lui tendit une bobine de fil à bâtir prise sur la tablette de la machine à coudre.

Simon éclata de rire, grimpa chez lui, redescendit aussi vite qu'il était monté, changea les fusibles. La lumière revint.

Comme Marie se confondait en remerciements, il lui répondit :

– Vous me remercierez après !

– Après quoi ?

Simon ne prit pas la peine de répondre. Il arracha plus qu'il n'ouvrit la fenêtre, poussa les volets qui claquèrent comme deux coups de fusil sur le mur extérieur. Puis, sans lui laisser le temps de faire un geste, il attrapa successivement la paillasse, la chaise bancale, tout ce qui constituait le malheureux ameublement de Marie, et expédia le tout dans la cour. Sauf la machine Singer et les futures jupes, naturellement.

Marie prit peur à nouveau : ce n'était pas un policier, mais un fou ! Le peu qu'elle avait, voilà qu'il le détruisait.

Le fracas avait fait surgir tout les locataires aux fenêtres.

– Ça va pas bien ? C'est quoi, ce bazar ? Vous ne pouvez pas laisser dormir les honnêtes gens ?

– Ils jettent des meubles par la fenêtre !

– Il faut appeler la police !

Mais déjà, Simon avait fini sa besogne. Indifférent aux clameurs, il s'arrêta devant Marie :

– Je reviens !

Sur quoi il disparut en dégringolant les marches quatre à quatre.

Marie resta debout, tétanisée. Elle n'avait même plus sa chaise défoncée pour s'asseoir. Qu'est-ce que c'était que cette histoire ? Ce type ? Qu'allait-elle devenir ? Tout le monde l'avait repérée, à présent ! Elle allait être arrêtée le lendemain. Sûrement reconduite à la frontière.

Elle demeurait là, pétrifiée, ne sachant plus à quel saint se vouer. Une demi-heure, puis trois quarts d'heure s'écoulèrent. Les voisins avaient manifestement regagné leur lit, remettant au lendemain les commentaires et les explications.

Ils n'allaient pas dormir longtemps : une heure

après le départ de l'étrange visiteur, de furieux coups de klaxon retentirent en bas.

Marie alla jusqu'à la fenêtre de la rue et faillit s'évanouir de surprise. Maintenant ils étaient deux : le grand brun, qui avait de moins en moins l'air d'être de la police, et un autre, plus petit. Tous deux s'activaient à décharger un taxi rouge et noir, déposant sur le trottoir les éléments d'un lit, les pans et les portes d'une armoire, une vraie table, une lampe à pied...

Elle descendit en hâte.

– Mais... qu'est-ce que c'est ?

– Quelques affaires pour vous, mademoiselle.

– Mais je n'ai pas d'argent ! Il ne faut pas !...

– Ne vous en faites pas pour ça.

Avant qu'elle ne parvienne à se remettre de sa surprise, elle était embauchée pour porter les éléments les plus légers du chargement. Une heure plus tard, tout était installé.

– Bon ! s'exclama Simon, s'épongeant le front avec son mouchoir. C'est tout de même un peu mieux ainsi, non ?

De fait, la petite chambre prenait presque une allure coquette, en comparaison avec l'aspect qu'elle avait encore deux heures plus tôt.

Marie la contemplait, ne sachant que dire, souriante quand même. Simon lui épargna la peine de chercher ses mots pour dire merci.

– Je m'appelle Simon. Et lui, c'est Candi, un ami.

Ce dernier lui adressa un bon sourire timide. Elle lui tendit la main, qu'il serra gauchement. Celui-là inspirait confiance. Quant au voisin du dessus, elle le regardait avec étonnement. Dire qu'elle l'avait pris pour un mouchard de la police, ou quelque chose comme ça... À présent, elle ne savait plus qu'en penser. Elle ne se le demandait d'ailleurs plus.

– Vous êtes couturière ?

– Non... Je suis institutrice.

Elle raconta rapidement son histoire. Lorsqu'elle en arriva à monsieur Émile, Simon hocha la tête.

– Bien. Je vois.

Il se dirigea vers le tas de jupes, qui à son tour disparut par la fenêtre. Marie poussa un cri de désespoir.

– Mais qu'est-ce que je vais lui dire ? gémit-elle. Je ne pourrai pas le rembourser...

– Vous viendrez me chercher. J'ai deux mots à lui dire, à votre monsieur Émile, moi !

Simon lui fit un sourire dans lequel s'était glissée une tendresse impossible à décrire.

– Mademoiselle, reprit-il doucement, dites-vous que maintenant, les jupes, c'est terminé, et monsieur Émile aussi.

Marie resta songeuse. Il lui semblait qu'elle venait d'entendre une déclaration d'amour.

*
**

On n'entendit plus jamais le ronronnement de la machine Singer au 7 de la rue des Jardins-Saint-Paul.

Marie, en revanche, devint célèbre.

Tous ceux qui depuis leurs fenêtres avaient assisté au « déménagement » nocturne s'empressèrent d'aller le raconter à ceux qui n'étaient pas là mais qui voulaient savoir. Naturellement, à mesure que l'histoire était racontée de témoin à curieux puis de curieux à curieux, elle devenait épique, s'enrichissait de superbes détails, de circonstances aussi surprenantes qu'admirables, dont la plupart aurait certainement beaucoup étonné les intéressés eux-mêmes. Chacune de leurs paroles était devenue historique, et à côté du récit de cet amour qui venait de naître au 7 de la rue des Jardins-Saint-Paul à Paris dans le IVe arrondissement, le Cantique des Cantiques lui-même aurait paru aussi glacé qu'un relevé bancaire.

Car nul n'en doutait : ce à quoi on avait assisté était bien le début d'une histoire d'amour.

On doit cependant à la vérité de dire que Marie ne dormit guère mieux dans son nouveau lit que sur son vieux matelas.

Elle se demandait ce qu'elle allait faire. C'était bien beau d'envoyer promener monsieur Émile et ses jupes, mais de quoi vivrait-elle désormais ?

Elle chassa bientôt cette pensée. Après tout, elle était arrivée à Paris, quelques semaines plus tôt, sans rien savoir de plus, et elle n'était pas morte. Curieux, comme la simple pensée qu'on est encore en vie, quand tout va mal, peut vous consoler d'un seul coup ! Non seulement elle n'était pas morte, mais depuis la veille, cela allait même plutôt mieux...

L'image de ce Simon revenait sans cesse devant ses yeux. Dans l'obscurité, elle lui adressait de doux sourires de reconnaissance. Si étrange qu'ait été l'irruption de ce personnage dans sa vie, elle ne pouvait s'empêcher de lui faire confiance et d'être mystérieusement rassurée. C'était surprenant qu'elle eût immédiatement accepté sa présence, et que, malgré son étonnement, elle l'eût laissé agir. « À présent les jupes c'est fini, et monsieur Émile aussi ! » Elle entendait encore retentir cette voix ferme et douce. Il lui semblait que désormais elle n'aurait plus rien ni personne à craindre. Qu'elle n'avait qu'à écouter Simon et à le suivre.

Il revint le lendemain l'inviter à dîner.

Il l'emmena aux Trois Maillets où elle fit la connaissance des Grosperrin, d'Ida et Azrak. Le jour suivant, Simon lui présenta Raphaël Klappish. Bientôt elle n'ignora plus rien de tout le petit monde qui au fil des années s'était rassemblé autour des Princes de Constantinople.

Elle fut acceptée comme si elle avait toujours manqué. On s'étonnait même qu'elle ne soit pas arrivée plus tôt. On ne se souvenait plus d'un temps où elle n'avait pas été là.

Marie leur parlait de ce qu'elle avait vécu en Pologne.

Azrak, pour libérer les peuples, en appelait à Staline et au communisme.

– Tu sais, lui opposait-elle doucement, là-bas ils disent que les Juifs sont tous des capitalistes...

Simon soupirait.

– Des capitalistes !... Alors Klappish et moi, qui nous crevons la paillasse à revendre de vieux rossignols, on est des capitalistes !

Azrak protestait sans trop insister, parce qu'il aimait bien Marie, et aussi parce que dans les rangs communistes, l'heure était à la main tendue, à l'union contre le fascisme.

Il semblait en effet, en cette année 1938, que les forces les plus destructrices que renfermait l'Europe n'aient jamais été plus sûres d'elles et plus menaçantes.

La république espagnole agonisait sous les bombes allemandes et italiennes. Mussolini avait mené avec un cynisme effroyable sa guerre atroce de conquête de l'Éthiopie, sans que personne levât le petit doigt pour l'en empêcher... Les gouvernements démocratiques de France et d'Angleterre en étaient restés à une politique de « non-intervention » qui n'était respectée que par eux.

Les nazis profitaient de n'importe quel prétexte, vrai ou faux, important ou pas, pour s'en prendre aux Juifs. Le 7 novembre, von Rath, un des conseillers à l'ambassade d'Allemagne, fut tué à Paris par un jeune Juif qui se nommait Herchel Grynszpan, et qui avait dix-sept ans. Son geste n'était que celui d'un enfant désespéré par la condition faite à ses coreligionnaires de l'Europe de l'Est. Il avait tué au hasard. Les nazis crièrent immédiatement au complot international, et déclenchèrent des représailles à travers l'Allemagne et l'Autriche tout entières. Des milliers de vitrines de magasins furent saccagées en une nuit, qui pour cette raison fut appelée « Nuit de Cristal ». Les synagogues, les cimetières juifs eux-mêmes furent profanés et des centaines de personnes frappées, molestées avant d'être envoyées dans des camps qui n'étaient pas encore « de concentration » mais « de travail ».

Les démocrates tentaient de riposter à ces exactions en organisant manifestations et défilés. Mais c'était bien sûr sans effet contre un régime qui prônait par la voix de son Führer qu'« il faut toujours répondre à la violence par une violence plus grande ».

Certains, pour se rassurer peut-être, disaient que ce Hitler était comme les autres, que le programme – pourtant clair – de son *Mein Kampf* était de la poudre aux yeux électorale, qu'il finirait bien par se calmer, que toutes ces promesses seraient balancées à la poubelle dès qu'il serait au pouvoir. Il était bien difficile d'être plus tragiquement aveuglé. Personne ne remarquait que justement il y était, au pouvoir, et depuis cinq ans déjà.

D'autres n'y voyaient rien à redire. C'était « ça ou le communisme ». Et puis, est-ce que ça comptait, quelques vitrines de magasins juifs, quand un régime construisait de si belles autoroutes ?

Marie était très au fait de tout cela. Cette conscience politique si fortement éveillée laissait les Princes un peu pantois.

Quant à Simon, lorsqu'il la regardait, c'est-à-dire tout le temps, il en arrivait à se demander si c'était bien lui qui vivait ces instants, s'il était bien là, près de cette jeune femme courageuse, déterminée et le cœur baignant dans une immense tendresse.

La politique ne l'avait jamais tellement intéressé. C'était l'humanité de chacun qui l'intéressait, qu'il savait voir. Mais grâce à Marie, il comprenait mieux la grandeur et la misère de ce peuple juif parqué dans l'Est de l'Europe, où il avait fait naître toute une source de légendes et de poésie. Ces gens devaient fuir afin de préserver leur vie et ces trésors ! Il fallait qu'ils viennent au plus vite de Pologne, de Russie, de Roumanie, d'Allemagne, d'Autriche, d'Italie même, afin d'échapper à ces fous furieux qui se croyaient investis d'une mission, et préparaient un grand pogrom planétaire. Ici en France, tout allait bien et tout irait toujours bien, n'est-ce pas ? La fête du 14 Juillet n'était-elle pas devenue simple et joyeux prétexte à des rencontres galantes et à des danses dans les rues et dans les bals ? La liberté promise en 1789 existait désormais pour toujours. Qui songeait sérieusement, tout en valsant, que les Bastilles, comme le chiendent, les ronces ou les cancers, repoussent sans cesse, et qu'il faut sans cesse être vigilant, afin de pouvoir les abattre ?

On profita des beaux jours sans savoir que c'étaient les derniers.

La « bande à Simon » continuait de sortir et d'aller danser au bord de la Marne. On fêta ce 14 Juillet-là comme les précédents... Marie dansait mal, en dépit des efforts héroïques déployés par Simon et Azrak pour lui faire faire quelques progrès. Elle se résigna à admirer Simon de loin, en le regardant évoluer avec d'autres. Cela ne la rendait guère jalouse ; elle sentait qu'elle possédait la plus belle part, une part très solide qu'aucune rivale ne pourrait jamais entamer.

Azrak et Candi, eux, constataient que Simon, du jour au lendemain, avait retrouvé la gaieté, l'optimisme, le goût de rire et de s'amuser qui lui manquaient depuis sa rupture avec Thérèse.

En même temps, il changeait. Il continuait à fréquenter Longchamp, Vincennes ou Chantilly avec eux et leur ami le Litvok, mais on voyait bien que son emballement pour les courses n'était plus le même. Il se contentait de jeter un regard sur les hommes et les bêtes au moment du canter, puis de rester avec ses tickets, sans se précipiter vers les barrières du terrain dès que le départ était donné, alors que quelques mois plus tôt il aurait bousculé n'importe qui pour ne rien manquer.

De même, lorsque Azrak faisait un clin d'œil et soufflait « Eh ! Dis !... T'as vu celle-là ? » en indiquant non pas une pouliche mais une belle élégante, Simon tournait la tête et regardait ; mais c'était pour prendre l'air blasé du don Juan revenu de tout.

– Ouais, pas mal, laissait-il tomber du bout des lèvres, histoire de faire plaisir à ses camarades.

Après quoi il replongeait dans son journal de turf et demandait aux autres si le 7 avait sa petite chance.

Un soir que Marie dansait avec Azrak – car Azrak ne pouvait pas voir une seule jolie fille sans la faire danser –, Ida se pencha vers Simon, qui regardait la belle Polonaise, béat, assis derrière son bock de bière :

– Tu sais, Simon... Celle-là, il ne faudrait pas la laisser passer...

– Ne t'en fais pas, murmura-t-il. Je l'attendais. Je ne la laisserai pas partir.

Candi, toujours célibataire, les préoccupait.

– Moi, avec mes heures de nuit en taxi, comment voulez-vous qu'une femme veuille vivre avec moi ? expliquait-il.

– Mais un taxi, c'est pas suffisant pour un homme...

Candi grommelait, parlait d'autre chose. Ils n'insistaient pas, ne voulant pas provoquer une gêne.

Ils étaient sa famille et cela semblait lui suffire.

Boubé Golter n'était pas la dernière à prôner les mérites et les vertus de Marie.

– *A za chaïné maïdel, a za voïlé maïdel, a gligué kop a meraïe...*, disait-elle en yiddish.

Simon, provocateur, demanda un jour à Marie de traduire en français ce que la vieille dame russe venait de dire. Marie hésitait. Simon l'encouragea. Enfant, elle avait bien appris à parler en polonais et en yiddish ! Eh bien c'était la même chose avec le français. On ne se moque pas d'un enfant qui commence à parler. Au contraire, on l'encourage et on le félicite.

– Une... si... audacieuse fille... articulait Marie, très lentement.

– Non ! reprenait Simon. Pas audacieuse !... Brave !... Une si brave fille !...

– Une si brave fille, reprenait Marie en ajoutant que « difficile le français il était » ! Avec tous ces mots qui voulaient dire toutes sortes de choses différentes selon la phrase où ils se trouvaient.

Ces rumeurs de mariage, ces compliments répétés, réveillèrent la jalousie de la terrible Léontine, d'autant plus qu'elle n'avait jamais réussi à approcher Candi, qu'elle avait pris un moment pour cible. Cette espèce de blondasse avait traversé l'Europe pour lui voler « son Simon » ! Une sale étrangère, alors qu'elle, elle était née en France ! Une Polak même pas foutue de se faire comprendre en français ! Léontine alla chez Marie, bien décidée à lui faire une scène. Elle entra dans la pièce sans même frapper à la porte et commença à lui dévider un chapelet de reproches et d'injures, dans un yiddish prononcé avec le plus bel accent parisien. Que faire ? Léontine était peut-être davantage à plaindre qu'à blâmer, mais ce n'était pas une raison suffisante pour se laisser traiter de la sorte. Marie, qui s'était déjà mesurée à bien plus fort et plus dangereux qu'elle, la laissa aller jusqu'au bout de ses cris et de sa rage puis, d'un ton suprêmement dédaigneux, elle lui répondit en yiddish qu'elle était désolée, mais qu'elle ne comprenait pas un mot de ce qu'elle venait d'entendre et que, habitant ce quartier, Léontine devrait apprendre à parler convenablement le yiddish.

Léontine sortit encore plus furieuse qu'elle ne l'était en entrant. Ce fut pour se heurter à Boubé Golter, la douce grand-mère, alertée par l'algarade, et qui arriva juste à point pour lui flanquer une seconde giroflée, encore plus forte que la première, tout en la traitant de *paskoudniak* (mauvaise) !

Le sang russe s'était manifesté une nouvelle fois. Léontine dut déguerpir au plus vite. Après quoi Boubé Golter déclara à Marie qu'elle n'avait plus rien à craindre : elle veillerait à empêcher sa rivale de sévir à nouveau.

Et finalement c'était bien une famille qui s'improvisait, dans laquelle Boubé Golter était la mère, Simon le fils et Marie la belle-fille. Des luttes extrêmement serrées se disputaient entre les vertus du bortsch à la polonaise, composé de jus de betteraves cuites, mélangé à un jaune d'œuf et un peu de citron, et les mérites tout aussi incontestables du bortsch à la russe qui est préparé avec de la viande bouillie dans une soupe à base de betteraves et de chou. Simon, qui avait toujours aimé la bonne chère, ne maigrissait pas. Azrak, Candi, Ida et même la petite Fernande eurent l'occasion d'apprécier ces prouesses culinaires.

Simon avait trente-six ans. Oui, il allait épouser Marie. Il n'y avait aucune raison d'attendre.

Restait une formalité à accomplir. Bien plus qu'une formalité.

Il prit sa plus belle plume et écrivit une lettre à Cadoune pour lui apprendre qu'il avait rencontré une jeune fille qui venait de Pologne, qu'elle était superbe et qu'elle était juive. Cette dernière précision afin de montrer à sa mère qu'il n'avait pas oublié la promesse qu'il lui avait faite.

La réponse arriva bien vite, pleine de bénédictions, de mots tendres et heureux, de ces mots que l'on dit pour être certain que si un jour la vie devenait moins belle pour ceux qu'on aime, on aurait, avec toute la pauvre force que l'on prête aux vœux, tenté de le leur épargner. Marie, qui commençait à se débrouiller assez bien en français, lut cette lettre et ressentit toute la tendresse maternelle qui en émanait et déjà se répandait sur elle.

Cependant, Marie n'oubliait pas les raisons qui l'avaient poussée – ou contrainte – à quitter son pays pour la France. La maladie nationaliste et antisémite qui avait gangrené la Pologne n'avait fait que s'étendre. Pouvait-elle renoncer au combat qui lui avait valu l'exil ? Certes, les injustices et les discriminations n'avaient pas atteint ici le même point que dans les pays de dictature. Mais la haine n'a pas de frontières ; ici aussi, des organisations, des leaders arrogants et violents dénonçaient pêle-mêle la République, les Juifs, les francs-maçons.

Marie chercha à se rapprocher de ceux qui tentaient d'endiguer cette vague d'intolérance dont on pouvait tout craindre. Il existait une structure politique qui, sans être inféodée au Parti communiste, en était très proche, c'était la MOI (Main-d'œuvre immigrée).

Elle était réservée aux travailleurs étrangers et comprenait une section juive, dont les membres parlaient yiddish.

Marie s'y affilia, avec la bénédiction d'Azrak. Simon en conçut de l'inquiétude. Bien sûr, on était en république et chacun avait le droit d'exprimer ses opinions. Mais ils étaient des étrangers ; ses propres difficultés administratives pour s'installer en France lui restaient en mémoire, et peut-être ses ancêtres lui avaient-ils légué un fond de crainte, de prudence, qu'exprime fort bien l'adage « Pour vivre heureux vivons cachés ».

Il l'avoua loyalement à Marie mais, connaissant son caractère, n'eut pas même la pensée de la faire renoncer à cet engagement. D'ailleurs, au fond de lui, il sympathisait avec les idéaux auxquels elle obéissait. Et ce caractère plein de courage et d'audace l'emplissait d'admiration.

Le pacte germano-soviétique, signé entre Staline et Ribbentrop, retentit comme un coup de tonnerre.

La teneur en était en partie secrète, mais Marie affirmait que tôt ou tard la Pologne, en dépit ou à cause de son alliance avec la France, en serait la victime. Opinion hélas prophétique... Elle ne connaissait que trop bien l'histoire de ce malheureux pays, tant de fois dépecé au profit de ses puissants voisins.

Azrak, lui, avait reçu la nouvelle comme un coup de marteau sur la tête, à l'instar de bon nombre de militants communistes. Mais pour le Parti, pas question d'émettre la moindre réserve sur l'action du génial camarade Staline.

Simon, Candi et les autres évitèrent désormais le sujet. Ils n'avaient pas envie d'accabler le courageux et sincère Azrak.

*
**

Simon avait eu à cœur de faire découvrir à Marie son royaume : le Marché aux Puces. Il en était aussi fier qu'un môme qui présente son premier château de sable à sa mère. Cette boutique faite de tôles, c'était sa vie ! Il avait peiné, trimé pour lancer son affaire. Le moindre recoin de son installation représentait des kilomètres et des kilomètres de marche à pied à travers Paris, des escaliers sans nombre à monter et à descendre... Et ce marché lui-même était un peu son œuvre.

Marie avait écouté ces explications, et ne doutait pas en arrivant à Vernaison qu'elle allait entrer dans un palais des Mille et une nuits, une caverne d'Ali Baba.

Un quart d'heure plus tard, elle ressortit de la

baraque en regardant Simon avec des yeux écarquillés :

– Mais comment peux-tu vivre dans un pareil fouillis ? Il faut absolument ranger tout ça, trier, balayer ! C'est épouvantable !

Simon tombait des nues :

– Mais c'est ce qu'aiment les clients ! Je ne suis pas antiquaire, moi ! Je vends des vieux trucs, et plus ils ont l'air vieux, plus ça les attire...

À son tour il jetait un coup d'œil à la ronde, l'air inquiet :

– D'ailleurs il n'y a aucun désordre ! Je sais où se trouve chaque objet, moi ! *Zis guit azoï me darft nicht tchepen*, conclut-il : c'est bien comme ça, on ne touche à rien.

Marie souriait tendrement. Elle avait déjà compris qu'il fallait prendre Simon comme il était. Et d'ailleurs, elle l'aimait comme ça et n'aurait pour rien au monde voulu le changer.

– Ne t'en fais pas, ajouta-t-il : quand nous serons installés tous les deux, tu arrangeras la maison comme tu voudras, et je te promets que je n'y apporterai pas mes trouvailles.

Ils apprenaient déjà qu'un des secrets de la bonne entente conjugale, c'est de respecter les petites particularités de l'autre.

Marie, elle, n'avait hélas pas grand-chose de son passé à lui faire découvrir. Elle avait emporté quelques photos de Pologne, mais pas une de Rose, sa mère, ma grand-mère. Ce qui fait que je ne connaîtrai jamais son visage. Elle était du pays de l'hiver, l'amour dans une main, Dieu dans l'autre, et elle chantait *A yiddishe Mamé* (une maman juive), et *Le*

Beau Danube bleu. J'ai souvent pensé qu'à travers les gestes, les regards, les attitudes de ma mère, j'avais peut-être rencontré souvent le fantôme de la vieille Rose. Lorsqu'elle servait les *lockchens*, le bouillon de pâtes, ou bien nous caressait la joue, d'une main attentive, avec cette douceur qui me brûle encore comme une flamme faite de ferveur et de tendresse, peut-être reproduisait-elle sans même le savoir un geste de sa propre mère ?

Un autre objet l'avait accompagnée de la Pologne à Paris, bien incongru celui-là : une louche. Une louche en émail grenat avec laquelle, tristement songeuse parfois, elle cuisinait.

Les projets de mariage allaient subir quelque retard.

Chaque heure que l'on vient de vivre,
Heure de rêve ou de tourment,
S'enchaîne à celle qui va suivre
Et l'entraîne insensiblement...

Voilà ce qu'était en train d'écouter Simon, chanté par André Baugé, sur un phono qu'il venait de récupérer, lorsque Klappish déboula dans la boutique :

– Salomon ! Hitler a envahi la Pologne ! Nous allons avoir la guerre.

Salomon laissa échapper un juron.

– Marie... murmura-t-il.

Il se mordait nerveusement la lèvre.

– Raphaël, tu peux t'occuper de fermer ma boutique ? Il faut que j'aille voir Marie.

Rue des Jardins-Saint-Paul, il la trouva en larmes. Elle aussi venait d'apprendre la nouvelle.

Quelques semaines plus tôt, sa sœur Perle, qui vivait tranquillement au Danemark avec son mari et son petit garçon, avait obtenu l'autorisation de rentrer au pays, où elle désirait présenter le gamin à ses parents.

La porte de fer du totalitarisme venait de se refermer derrière eux.

Deux jours plus tard, la France déclarait la guerre à l'Allemagne nazie.

V

RUE CRÉMIEUX

Parut un cheval de couleur pâle. Celui qui le montait se nommait la mort...

Le shéol l'accompagnait...

Simon, Azrak et Candi s'engagèrent dans la Légion étrangère. Nul romantisme dans le choix de ce corps au prestige exotique, illustré par tant de films, *Le Grand Jeu, Gueule d'amour...* Ils voulaient simplement défendre le pays qui les avait accueillis.

Le 27 novembre 1939, Marie reçut de Pologne une carte visée par la censure du Reich. C'était sa sœur, Perle :

Chère Marie,

Nous avons reçu ta carte avec une joie indescriptible. Raconte-moi comment va ton travail et comment va la santé. Les parents vont bien.

J'espère qu'il te sera possible d'aider les parents avec quelque chose. Jack est resté au Danemark. Embrasse Simon pour nous tous. Je t'embrasse de tout mon cœur et le petit François aussi.

Le petit François, c'était son fils. Il avait dix mois, et c'est pour le présenter à ses parents qu'elle était venue à Piotrokow.

Je t'embrasse de tout cœur et le petit François aussi... Sur ces « mots des pauvres gens » tomba la herse qui sépara à tout jamais les membres de ma famille maternelle. Rose, Perle, François le bébé : déportés, disparus. Mon grand-père Jacekel ? Pendu devant la synagogue de Piotrokow. Henri le frère ? Assassiné devant sa maison. Seules deux cousines, Edge et Esther, déportées elles aussi, devaient survivre à cette hécatombe.

Mais personne n'imaginait encore l'horreur de tout cela.

Pendant plusieurs mois, ce fut la « drôle de guerre », comme l'avait baptisée Roland Dorgelès, celui des *Croix de bois*.

Une guerre que les Français n'avaient pas envie de faire. Des hommes comme Simon, Candi et Azrak venaient de pays où la Grande Guerre n'était pas passée, où il n'y avait pas de monuments aux morts. Tous ces Polonais, ces Lituaniens, ces républicains espagnols, ces Hongrois étaient partis aux frontières avec leur cœur et leur courage. Les autres, ceux qui étaient nés en France avant l'armistice de 1918, n'avaient pu effacer de leur mémoire ce qu'ils avaient vu et entendu, les souffrances, les mutilations, les deuils. Ils n'étaient pas partis comme en 14, les petits gars de vingt ans. Pas de fleurs aux fusils. Un seul désir : que cette saloperie s'arrête au plus vite et qu'on n'en parle plus jamais ! Comment seraient-ils allés « joyeusement à la mort », suivant la bonne vieille expression patriotarde, après avoir grandi dans des familles bousillées, parmi des papas aveugles, unijambistes, manchots ou finissant de cracher leurs poumons avec l'ypérite qui s'y trouvait encore ?

À Paris, la vie suivait son cours, tant bien que mal. C'était presque drôle de lire les communiqués où une reculade s'appelait « retrait élastique » et une débandade « repli stratégique ».

Des nouvelles finirent par arriver. Candi avait été blessé. Il fut soigné à l'hôpital militaire de Châlons-sur-Marne.

À l'été 1940, Simon, comme tous ceux qui n'avaient pas été faits prisonniers, revint à Paris où il retrouva Marie. Il se remit à chiner à travers la capitale dont toutes les autos avaient disparu. La marchandise se faisait rare.

Azrak était rentré indemne, lui aussi.

C'est dans cette fluctuante et bizarre atmosphère que Simon et Marie purent enfin se marier. La cérémonie se déroula à la mairie du IVe arrondissement. Marius Grosperrin fut le témoin de mon père et sa femme Aline celui de ma mère.

Personne n'avait vraiment le cœur à rire, mais quoi ? Ce n'était pas en faisant des têtes d'enterrement qu'on changerait le sort de la France et de l'Europe. Marie et Simon avaient résolu que leur mariage serait tout de même une fête.

Cela commença par une courte cérémonie où le couple reçut la bénédiction d'usage. Puis Simon, selon la très vieille tradition, brisa un verre. Pour certains ce geste représente le symbole de la résistance au malheur ; d'autres affirment que plus il y a de morceaux, plus solide sera le bonheur des époux. Ce qui est sûr, c'est que le bruit de ce verre cassé retentit dans toutes les synagogues de la terre comme le signal d'un nouveau bonheur.

Puis, avant de se retrouver tous et toutes à la table des Trois Maillets, qui avaient fermé pour l'occasion, le souvenir de cette mémorable journée fut fixé pour toujours chez le photographe de la rue Championnet, un de ces photographes d'autrefois qui avaient du génie pour transformer les plus expressifs des visages en sourires de musée Grévin.

Après quoi on alla festoyer. Il y avait Azrak, Ida et leur petite Fernande, la tante Diamenta et ses quatre fils, Jacques le Litvok, Boubé Golter avec ses enfants ainsi que ses trois petites-filles. Raphaël Klappish était présent lui aussi. Même la rageuse Léontine et sa mère avaient été invitées ! C'est dire que les nouveaux mariés n'avaient voulu oublier personne.

On but du schnaps à la santé de tous et à celle de la paix. On chanta la vieille et joyeuse chanson juive *Roussen kalé Mazel tov*, ce qui signifie « bonne chance aux nouveaux mariés ».

Quelques jours plus tard, lorsque l'artiste de la rue Championnet remit les épreuves, l'une d'elle fut dédicacée à l'intention de Cadoune.

Mais alors qu'il s'apprêtait à l'envoyer, Simon eut le crève-cœur d'apprendre que ce n'était plus la peine. Cadoune s'était éteinte, paisiblement, entre ses enfants Motel et Esther, quelques semaines plus tôt.

Elle était allée rejoindre ceux des siens qui dormaient depuis plusieurs générations au cimetière de Hasköy. Jamais elle ne verrait le visage de sa belle-fille.

Simon sentait s'appesantir sur son cœur, un peu

plus encore, le fardeau de l'exil, de l'éternel exil. Mais plus que jamais, dans ce temps de désastre et de menace, il sentit qu'il aimait Marie.

Comme il arrive souvent, les deuils des autres l'aidèrent à surmonter le sien. Peu de temps après la défaite, Maurice, le fils des Grosperrin, déboula comme un fou dans le café de ses parents en hurlant qu'il venait de voir un camion allemand écraser une jeune fille, et qu'il ne s'était même pas arrêté.

Marius, Simon et le coiffeur Bokzek qui buvaient un verre, sortirent en courant pour aller voir.

La jeune fille écrasée, c'était Simone, la sœur de Maurice.

Marius et Aline ne devaient jamais s'en remettre. Simon, Marie et les autres les entourèrent, firent ce qu'ils pouvaient. Il n'y avait que l'amour, décidément, qui servît à quelque chose en ce monde. C'était la seule ressource, partout et toujours : aimer.

Tout allait vite : les joies, les deuils. Le monde aussi. L'effondrement de juin n'était qu'une préface.

Le 11 juillet 1940, le Parlement français accordait au maréchal Pétain les pleins pouvoirs par cinq cent soixante-neuf voix « pour » et quatre-vingts voix « contre ». Le mot de « République », répugnant aux yeux des nouveaux maîtres, fut supprimé, et Pétain prit le titre de chef de l'État français.

Partis politiques et syndicats ouvriers furent immédiatement dissous.

L'État français adopta une nouvelle devise : TRAVAIL FAMILLE PATRIE. On s'amuserait bientôt à dire Tracas Famine Patrouilles.

Les fonctionnaires durent prêter serment de fidélité à Philippe Pétain. Un commissariat aux Affaires juives fut créé.

Dès le 27 septembre 1940, une ordonnance décida le recensement des « Israélites ». Le 3 octobre était promulgué un « statut des Juifs », comportant des mesures plus sévères que celles exigées par les nazis. Ils se voyaient exclus de toutes les fonctions électives, de tous les grands corps de l'État, de tous les postes administratifs et militaires. Ils perdaient le droit d'exercer les métiers de médecin et d'avocat. Rien ne leur était plus autorisé. On leur confisqua jusqu'à leurs vélos et leurs postes de radio. Les cartes d'identité portèrent en rouge la mention JUIF.

On voyait sur les vitrines la pancarte désormais obligatoire : commerce juif. On irait certainement jusqu'à leur interdire de respirer. Sauf dans des chambres à gaz, naturellement !

L'État français partait en guerre contre la ploutocratie juive, tous ces millionnaires qui étaient voyageurs de commerce, vendeurs de billets de Loterie nationale, coiffeurs, maroquiniers, marchands de quatre saisons et de fleurs coupées, marchands de gaufres ou de glaces.

Pour de nombreux Juifs de France, comme mes parents, qui aimaient leur pays, qui l'avaient défendu en 14-18 au prix de leur sang, ce fut une blessure qui n'est sans doute pas encore guérie. Aucun d'eux n'oubliait, certes, l'antisémitisme de la fin du siècle dernier, l'iniquité de l'affaire Dreyfus ; mais leur pays était aussi celui où des écrivains, des journalistes, des hommes politiques s'étaient levés, parvenant à démasquer l'infamie.

Quarante années plus tard, la France anti-dreyfusarde se relevait et prenait le pouvoir.

Lorsque six synagogues furent dynamitées en plein Paris, bien des Juifs comprirent qu'il n'y avait rien à espérer de Pétain et adhérèrent aux premiers groupes de la Résistance.

Les discussions allaient bon train dans le petit groupe.

– Si Staline a pactisé avec Hitler, grondait Azrak, c'est en attendant d'être prêt pour le combattre.

– Peut-être, admettaient Candi et Simon. Mais nous les Juifs, nous n'avons pas le temps d'attendre, ni même d'y croire.

Azrak, en fait, les apitoyait. Il continuait à défendre vaille que vaille « le Parti », mais pour lui aussi, le coup avait été rude.

Rapidement, Simon et Marie jugèrent plus prudent de déménager, quittant le Marais qui était par excellence le quartier juif. Ils traversèrent le canal Saint-Martin pour s'installer rue Crémieux, au numéro 8, à deux pas de la gare de Lyon.

La rue Crémieux est une des plus curieuses de ce secteur, transformé aujourd'hui par l'édification de l'Opéra Bastille. Elle est faite de petites maisons toutes identiques, collées les unes aux autres, qui avaient été les logements des gardiens de la prison de Mazas. Ladite prison avait été démolie en 1900, lors de l'Exposition universelle. Elle faisait face à la gare de Lyon : en guise de première image parisienne, pour les arrivants, on pouvait rêver mieux.

On avait donc rasé le sinistre édifice. Seules ces maisonnettes étaient restées.

La rue portait le nom du grand avocat juif du Second Empire, défenseur des Juifs persécutés au Moyen-Orient, et qui avait obtenu pour ceux d'Afrique du Nord la qualité de citoyens français à part entière. Un symbole !

Mes parents emmenèrent Boubé Golter avec eux.

J'ai grandi là, plus tard. Je me souviens des voisins, des amis, des copains avec lesquels je jouais, comme jouent les gosses sur le trottoir et dans le ruisseau. C'est une rue où les automobiles ne passent pas. Un petit paradis pour les enfants. J'y ai été heureux et insouciant comme Simon avait pu l'être rue Hadji Ali.

Cela dit, pour se soustraire à la chasse aux Juifs, la faiblesse du XIIe arrondissement tenait à la présence de la gare, lieu d'intense trafic où tous les contrôles sont toujours renforcés. À cette époque le fameux octroi existait encore et les « gabelous » n'hésitaient pas à vous faire ouvrir votre valise, ne fût-ce que pour y découvrir du « ravitaillement ». Ils s'empressaient de le confisquer, parce que c'était interdit. Et parce qu'ils avaient faim, eux aussi...

⁂

À l'automne 1940, Azrak prit à part Candi et Simon.

– J'aurais besoin de vous pour quelques coups de main.

À mi-voix, il expliqua son affaire. Des tracts sortis d'une imprimerie clandestine. Il fallait en faire passer des liasses à telle ou telle adresse, en dissimuler d'autres dans le bric-à-brac de Vernaison.

Simon accepta. En revanche, il s'inquiétait pour Marie. Qu'est-ce qu'elle fabriquait au juste à l'Union juive de France ? Elle lui jurait qu'elle ne faisait rien de dangereux, mais il se faisait de plus en plus de souci pour elle, car il se doutait bien qu'elle ne restait pas les deux pieds dans le même sabot.

Quand il s'aperçut qu'elle transportait et distribuait sous le manteau le journal juif clandestin *Unzer Vorte* (« Notre Parole »), il se fâcha.

– Je ne veux pas que tu prennes des risques !

– Et toi, qu'est-ce que tu es allé enterrer dans les fossés du fort d'Ivry ?

De fait, Simon avait participé à une expédition visant à dissimuler des armes et des explosifs, avec Azrak et Candi. Ils emmenaient avec eux la petite Fernande âgée de dix ans maintenant. Était-ce de l'inconscience ? Pas certain ! Une gosse qui joue au ballon ou cueille des pâquerettes est une couverture idéale pour des « terroristes » cachant des armes.

– Ce n'est pas pareil, grognait Simon. Tu es une femme et...

– Et les femmes n'ont pas le droit de se battre ? Je ne vois pas pourquoi, à moins que vous ne vouliez jouer aux héros tout seuls !

Simon recevait une leçon de féminisme.

Mais il s'inquiétait tout de même : Marie attendait un bébé.

Au début de 1941 se tint à Paris l'exposition « Le Juif et la France ». À l'entrée on voyait une araignée géante, symbolisant la « Juiverie » occupée à boire le sang des Français.

L'Allemagne nazie criait victoire sur tous les fronts. Les journaux collaborationnistes – autrement dit tous les journaux légaux, les autres ayant été interdits – répercutaient des nouvelles claironnantes : Moscou est pratiquement encerclée ! Quatorze bâtiments anglais sont coulés par des sous-marins allemands !

Jacques Doriot créait la Légion des volontaires français contre le bolchevisme. Dans *L'Œuvre* du 28 septembre 1941, on apprend que le Maréchal visite la Foire de Lyon, que les Juifs doivent se faire recenser dès le 1er octobre et qu'Eugène Devigne et Mohamed Moali seront fusillés ce jour pour détention d'armes – avis signé général von Stuepnagel, commandant des forces militaires allemandes en France.

C'est dans cette chaude ambiance, pleine de promesses, que je vins au monde, à la maternité de l'Hôtel-Dieu.

L'accouchement fut difficile. Marie souffrait d'une phlébite. Le médecin accoucheur, un vieux monsieur aux mains tremblantes, s'en tira malgré tout.

Marie était encore à la maternité quand elle reçut la visite d'un prêtre.

– Madame, lui demanda-t-il, voulez-vous faire baptiser votre enfant ?

– Je vais en parler à mon mari, répondit-elle, immédiatement sur ses gardes.

– Bien, je repasserai demain, répondit le prêtre.

Le prêtre parti, le médecin accoucheur accourut au chevet de ma mère.

– Madame, quittez tout de suite l'hôpital ! lui souffla-t-il. Vous êtes en danger ! Cet homme n'est pas un curé, c'est un membre de la police allemande. Il fait la chasse aux mères juives et à leurs enfants !

Quelques heures plus tard, soutenue par Simon et par Candi, tandis que mon père me portait dans ses bras, Marie regagna péniblement à pied la rue Crémieux. Pourquoi ce vieux médecin nous a-t-il sauvé la vie ? Je ne le saurai jamais. Il nous a épargné le sort de trop nombreuses pauvres femmes déportées avec leur bébé, directement de l'hôpital au camp.

L'incident fut vite oublié : Simon avait un fils ! Il débordait de bonheur. L'heureux événement fut copieusement arrosé aux Trois Maillets. Azrak fut choisi pour parrain et Jeanne, la fille cadette de Boubé Golter, partagea la redoutable responsabilité d'être ma marraine.

Simon ne s'en tint pas là. Il fit de son mieux pour partager son bonheur en soûlant tous les habitants de la rue Crémieux, tandis que je passais de mains en mains avec les verres de vin cuit qui s'entrechoquaient d'un bout à l'autre de la rue.

Le bonheur était si précaire qu'on le savourait d'autant plus.

Neuf jours après ma naissance, le 7 octobre 1941, mon parrain Azrak était arrêté, sous l'accusation de menées terroristes et diffusion de propagande interdite.

Simon était désespéré.

– Je le sortirai de là, affirma-t-il.

Renseignements pris, on sut qu'Azrak allait être déféré devant le tribunal. Le jour dit, mon père se rendit au Palais de Justice, accompagné d'Ida et de

Fernande. Sitôt qu'il les vit, l'avocat les rassura : Azrak bénéficiait d'un non-lieu. Aucune preuve d'appartenance à la Résistance n'avait pu être établie.

Mais quelques minutes plus tard, ils virent emmener Azrak, menottes aux poignets, des traces de coups sur la figure. Il leur adressa un petit signe de consolation de ses mains enchaînées.

– Mais alors ? On ne le libère pas ?

L'avocat fit la grimace.

– C'est-à-dire qu'il y a un autre problème... Ça n'a rien à voir avec l'accusation initiale et le non-lieu... Votre mari est juif.

– Mais que peut-on faire ? Il n'a rien fait de mal...

– Cela n'est plus de la compétence du tribunal. Ni de la mienne. Je ne vous conseille pas d'insister...

La suite de l'histoire, mes parents et Ida la reconstituèrent plus tard.

On envoya Azrak au camp de Pithiviers. Il s'en évada. On le reprit et il fut enfermé dans une baraque disciplinaire. Il la quitta le 16 juillet 1942 en direction d'Auschwitz.

Azrak, le petit prince de Constantinople, l'insoumis de la Grande Guerre, n'est jamais revenu de ce voyage.

Une nouvelle ordonnance allemande fut publiée.

Marcel Schuttler, administrateur des biens israélites, est nommé pour saisir les biens et procéder à la liquidation des marchandises des stands appartenant aux brocanteurs juifs du marché aux puces de Vernaison.

La logique effroyable de l'antisémitisme n'épargnait rien. Ce marché de Vernaison, que des Juifs comme mon père ou Klappish avaient contribué à créer, ils en étaient chassés comme s'ils l'avaient volé à la France !

Le 16 octobre 1941, tout fut donc pillé, une partie de la marchandise bradée à l'hôtel Drouot.

Je voudrais bien savoir ce qu'il est devenu, le Marcel Schuttler. Il ne s'est tout de même pas volatilisé au moment de la Libération ? Mais peut-être fut-il du nombre de ces habiles qui surent donner des gages à la Résistance, laisser entendre qu'ils avaient joué double jeu ?

Quoi qu'il en soit, mon père ne pouvait plus exercer son activité. L'hôtel des ventes lui-même fut « interdit aux Juifs et aux chiens ». Des lettres anonymes arrivèrent au commissariat général aux Affaires juives, dirigé par le fameux Xavier Vallat.

Messieurs, les Juifs se foutent de vous. Vous leur avez interdit l'entrée de l'hôtel des ventes à Drouot, alors ils achètent par personnes interposées dans les nombreuses ventes qui ont lieu en ville.

C'était d'ailleurs vrai. Pour gagner sa vie et assurer la subsistance de la famille, à laquelle s'ajoutaient maintenant Ida et Fernande, Simon, comme tous ceux qui se trouvaient dans la même situation, recourut à tous les expédients possibles pour continuer de travailler en demeurant dans l'ombre.

Il y parvint si bien qu'il réussit même à aider des familles dont le père croupissait dans les fameux camps de transit.

L'année 1942 perfectionna l'horreur des persécutions. De nouvelles mesures furent prises contre les Juifs : interdiction de quitter son logement entre vingt heures et six heures du matin ; interdiction de pénétrer dans les cinémas et autres lieux de divertissement ; interdiction d'utiliser les bains-douches municipaux ; interdiction de fréquenter les squares et les jardins publics ; interdiction de faire ses courses à un autre moment qu'entre quinze et seize heures ; interdiction de prendre le métro, sauf dans la voiture de queue...

Et ce fut enfin l'étoile jaune. À partir du 29 mai 1942, les Juifs durent être marqués, comme des bêtes.

On tint conseil, rue Crémieux. Fallait-il se soumettre à ce nouveau diktat ?

Simon secoua la tête.

– Avec ou sans étoile, le résultat sera le même. S'ils nous trouvent, c'est la déportation. Je ne vois aucune raison de les y aider !

Simon, Marie et les autres décidèrent donc de circuler sans étoile jaune et sans papiers.

Il est juste de dire que ces mesures antijuives ne furent pas populaires. Face à la collaboration devenue officielle depuis Montoire, le peuple de France sut montrer parfois que ses vieilles traditions de fronde et d'insolence n'étaient pas mortes. Les Parisiens prenaient un malin plaisir à venir s'entasser dans le dernier wagon des rames de métro. En zone sud, dite « zone libre », l'hostilité au port de l'étoile fut telle que le gouvernement de Vichy fut obligé d'y renoncer.

Un jour, Radio-Londres demanda à toutes les personnes qui avaient à se trouver hors de chez elles le lendemain de sortir avec un paquet à la main. Ceux qui avaient écouté firent passer la consigne. Ce fut un triomphe. On n'avait jamais vu autant de valises et de cartons ficelés dans les rues. À décourager toutes les fouilles ! Ce défi impunissable permit à quelques colis hautement utiles à la Résistance de passer sans problème d'un lieu à l'autre.

À la vérité, on ne savait jamais d'avance qui s'accommoderait des Allemands, qui collaborerait, qui résisterait. On découvrait des facettes inaperçues de chacun. Simon me reparla souvent du père Duprez, un de ses amis religieux, qui s'indignait :

– Notre Église n'a-t-elle pas été fondée par un Juif de mère juive, comme son père nourricier ? Les apôtres, les saints, n'étaient-ils pas tous Juifs ? Pourquoi donc les gens continueraient-ils à venir à l'église ? Est-ce pour entendre répéter les propos du plus illustre représentant d'un peuple de dégénérés et de corrompus ?

Il est vrai qu'en ce temps-là, on pouvait lire les écrits de plumitifs se livrant à de réjouissantes contorsions historiques et littéraires afin de démontrer que le Christ n'était pas juif !

*
**

Après la terrible et brutale disparition d'Azrak, Candi et Simon furent plus que jamais inséparables.

Candi venait souvent chez nous où il trouvait une atmosphère bien triste.

Boubé Golter vivait au rez-de-chaussée de notre maison. Elle avait choisi d'obéir aux ordres des nazis et cousu une étoile jaune sur sa grande robe noire. Il me suffit de fermer les yeux pour respirer encore le parfum de l'ail cru que mangeait la chère vieille dame. Elle soutenait que ses vertus permettaient de chasser presque toutes les maladies. Elle m'enveloppait de son immense châle où je m'abandonnais comme dans un havre.

Elle avait alors dépassé les quatre-vingts ans et racontait ses mésaventures à travers Paris. Un jour, elle avait décidé de prendre le métro pour aller voir ses enfants. Évidemment elle avait pris soin de dissimuler son étoile jaune sous son châle. Mais il lui semblait que tout le monde la dévisageait comme si les gens devinaient ce qu'elle était. Comme elle ne parlait pas le français, son inquiétude, son angoisse n'avaient fait qu'empirer. Pour finir elle avait fait demi-tour, renonçant à aller embrasser ses enfants.

Ce n'était rien, juste une petite déconvenue sans conséquence, mais qui décrivait avec une précision clinique l'angoisse qui étreignait tout le monde.

Au début de l'été 1942, Simon arriva porteur de nouvelles inquiétantes, transmises par des amis résistants. Une rafle d'envergure se préparait. Elle aurait dû commencer le 14 juillet, mais les autorités avaient reculé devant cette date, de peur de provoquer des émeutes, et reporté l'opération au surlendemain.

Simon entreprit d'avertir tous les Juifs du voisinage. Dans une des maisons qu'il visita, il ne trouva que le grand-père, lequel répétait avec l'entêtement des vieillards qu'il ne se passerait rien. Simon insista. Rien à faire. Devant l'inanité de ses efforts, il finit par le supplier de prévenir au moins ses enfants.

M. Salzmann n'en fit rien et tous disparurent. Seule une petite fille de huit ans survécut. Elle s'était cachée sous le lit.

Simon, Marie, Candi, Boubé Golter et moi avions trouvé refuge chez Franchequin, le syndic de la rue Crémieux. Nous sommes restés cachés trois jours chez lui et sa femme. Trois jours de risques terribles pour eux comme pour nous. On n'imagine pas comme ça peut être long, trois jours.

Dans Paris, ce furent des moments épouvantables, comme cette capitale n'en avait sans doute pas connu depuis les jours les plus sanglants de la Terreur, quand les charrettes chargées de condamnés gagnaient la Nation ou la Concorde, et que l'odeur des cadavres se répandait dans les rues. Escortés, encadrés par des flics bien français, des milliers de pauvres gens chargés de valise dérisoires furent acheminés vers Drancy.

Des familles arrachées sans aucun ménagement à leurs demeures étaient conduites au Vélodrome d'hiver par pleins autobus réquisitionnés à cet effet. Quelques rares gamins étant parvenus à s'enfuir, ils furent repris et enfermés dans le camp provisoire qu'était devenu le stade. Parfois des voisins bouleversés ouvrirent leurs portes et sauvèrent des gosses pourchassés.

C'est avec un maximum de rapidité, sans paroles inutiles et sans aucun commentaire, que « travailla », selon ses propres dires, l'irréprochable police française. Les agents s'assurèrent que les compteurs à gaz, à électricité et à eau des appartements désertés étaient bien fermés. Un accident est si vite arrivé. Les chiens, les chats, les canaris furent confiés aux concierges. Combien parmi ces « promis des douleurs » ont-ils regretté de ne pas être un animal ? Ils auraient été mieux traités.

Sept mille personnes restèrent entassées, sept jours durant, sans ravitaillement, sans soins, sans hygiène. Les enfants criaient, hurlaient. Des gens devenaient fous, d'autres tentaient de se suicider, les malades appelaient en vain au secours. Les femmes et leurs enfants finirent par arriver à Pithiviers où des épreuves encore plus abominables les attendaient. On arracha les enfants à leurs mères. On dépouilla ces femmes de tous leurs objets précieux, alliances comprises, on les enferma dans des wagons à bestiaux.

Tout était parfaitement organisé. Rien n'était laissé au hasard. Il suffit aujourd'hui, pour en avoir la preuve, de lire le contenu de ces listes :

Convoi 26.
Destination : inconnue.
Petit garçon environ un an et demi plaque n° 143.
Petite fille deux ans plaque n° 29... etc., etc.

Que des numéros ! Pas un nom ! Pas un prénom... Puisqu'ils ne parlaient pas encore assez pour qu'on puisse les comprendre. Aucun ne reviendrait. Devant ce monde où un canari était mieux traité qu'un enfant, certains murmuraient que bientôt les rivières remonteraient vers leur source.

La stupeur et l'épouvante des premiers instants passées, beaucoup de gens tentèrent l'impossible pour sauver les enfants. Mais les organisations, juives ou non, échouèrent les unes après les autres. Le gouvernement de Vichy resta de marbre.

Ni Jeanne, ma marraine, ni les autres enfants de Boubé Golter n'échappèrent à la rafle. Je n'avais plus ni parrain, ni marraine.

Quant aux petites-filles de Boubé Golter, Anna, Isabelle et Hélène, ce fut un commissaire de police qui les découvrit, tremblantes de peur au fond de l'appartement. D'une voix grondante, il leur intima l'ordre de « foutre le camp de là et rapidement ». Oui, décidément, on ne savait jamais à qui on aurait affaire, et il y eut ici ou là de braves gens qui n'avaient peut-être jamais été héroïques, mais qui, au moment décisif, sauvèrent ainsi l'honneur de leur pays et de l'humanité.

Anna, qui avait treize ans, prit ses petites sœurs par la main et se sauva chez un voisin, rue de Gergovie. Mes parents les prirent avec eux rue Crémieux auprès de leur grand-mère, comme si cette chance qui avait jusque-là été la leur devait les protéger de toute nouvelle interpellation policière ou gestapiste !

La malheureuse Boubé venait de perdre ses cinq enfants. Simon et Marie tentaient de la rassurer, lui disaient qu'elle les reverrait un jour, en essayant d'y croire eux-mêmes. Rien n'y fit. Elle tremblait à présent pour ses petites-filles : « *Fas vouss... Fas vouss...* ? » Pourquoi, pourquoi ? Elle continuait à croire en Dieu. C'est dans les hommes qu'elle refusait de croire désormais.

Marie et Simon finirent par emmener les trois fillettes à la campagne, chez des paysans. Comme beaucoup d'autres ils firent le maximum pour sauver des enfants en collaborant avec des organisations comme l'OSE ou l'UJRE. C'est auprès de Sophie Schwartz, une femme remarquable, que Marie se dévoua le plus. Sophie, militante de la MOI, avait pris la tête du réseau Solidarité qui se fit un devoir de récupérer le plus grand nombre possible d'enfants et de les placer dans des familles d'accueil. De nombreux militants ont payé de leur vie ces actes d'humanité.

Chère Ida,

J'ai encore l'occasion de t'écrire quelques lignes et peut-être avant longtemps je ne pourrai pas vous écrire, ne t'en fais pas, je ne suis pas seul, il y a même des hommes et des centaines de femmes qui ont laissé leurs gosses en bas âge seuls, alors tu vois, c'est plus dur que pour moi. Toi, tu restes encore avec la gosse et je suis sûr qu'on ne te touchera pas si tu respectes toutes les ordonnances, ne va pas au marché ou autres lieux qui sont défendus, renseigne-toi bien si il ne faut pas que tu portes l'étoile. Écoute-moi bien, accepte-le avec beaucoup de courage et ne te frappe pas. Je n'ai pas le droit de t'empêcher de garder la gamine avec toi parce que ce sera trop dur pour toi. Tu devrais demander à Lucienne de la prendre avec elle. Elle est aryenne, la petite sera protégée. Je te parle comme un égoïste mais crois-moi, je parle avec beaucoup de courage et je n'ai pas versé une larme, bien que j'aie le cœur gros. Encore une fois, c'est un mauvais moment à passer, il y a plus malheureux que nous. Je suis sûr que toi, on ne te touchera pas. Embrasse bien fort ma grande pou-

poule. Dis-lui aussi qu'elle joue avec les dominos que je lui ai envoyés.

Telle fut la dernière lettre qu'Azrak écrivit. Il l'avait griffonnée dans le wagon plombé qui le conduisait à Auschwitz. Il l'avait jetée au dehors, au hasard, comme on jette une bouteille à la mer. Comment cette lettre était-elle parvenue jusqu'à Ida ? Qui s'en était chargé ?

Ce sera pour toujours sans réponse.

La nuit s'était refermée pour l'éternité sur l'un des trois Princes de Constantinople, le merveilleux danseur, l'amoureux éconduit de Malka... Et sa dernière pensée avait été d'imaginer sa fille jouant aux dominos, comme il y avait tant joué lui-même, avec Candi et Simon, aux temps lointains de leur enfance.

Les quatre fils de la tante Diamenta étaient maintenant prisonniers. Au fin fond de la Poméranie, de la Bavière, du Brandebourg, du Wurtemberg. Elle recevait de temps à autres des sortes de cartes ne pouvant contenir que quelques mots. Elle vivait seule, dans la terreur.

La pauvre Boubé Golter se laissa dépérir jour après jour. Et comme si cette mort désirée, espérée, ne suffisait pas, il fallut que l'ignominie s'appesantisse encore sur elle. Fondel, notre voisin, apprit à mon père que les Allemands allaient venir la chercher.

Comment Fondel l'avait-il su ? Sans doute par l'une des invraisemblables relations « d'affaires » parmi lesquelles il évoluait ; on ne savait jamais si l'on avait à faire à un gestapiste déguisé en commerçant ou à un homme d'affaires travaillant pour la Gestapo.

Mais qui avait dénoncé Boubé Golter ? Les occupants et leurs séides français recevaient tant et tant de lettres anonymes chaque jour, qu'ils n'avaient même plus le temps de toutes les lire. Simon disait qu'ils devaient les tirer au sort, une espèce de loterie, avec la Mort en guise de gros lot.

Mes parents firent immédiatement déménager la vieille dame. Il était temps. Le lendemain matin, deux soldats débarquèrent rue Crémieux et frappèrent à la porte de Boubé.

Moi qui n'avais que deux ans, je sortis de la cuisine et donnai des coups de pied dans les bottes des soldats. Et je criais : « Méchant, méchant, laisse grand-mère tranquille. »

– *Was sagt das kleine Miststück ?* (Que dit cette petite ordure ?)

Ma mère me saisit à bras-le-corps et ne répondit rien, feignant de ne pas comprendre.

L'incident fut clos. On venait pour Boubé, pas pour nous.

Je ne devais plus la revoir, ma Boubé. Cette ultime épreuve fut de trop. Elle refusa de s'alimenter et mourut bientôt, de chagrin davantage encore que de faim.

Mes parents se chargèrent des obsèques. Marie donna le linceul blanc traditionnel qui enveloppa Boubé Golter, l'une de ces merveilleuses vieilles dames juives dont un si grand nombre ont disparu, assassinées.

*
**

L'horreur des persécutions, paradoxalement, suscitait le courage. Même en restant tranquille on risquait sa peau, alors pourquoi se gêner ? C'était des gestes sans aucune portée pratique, totalement enfantins, mais qui servaient d'exutoire. Peindre des V sur les murs, déchirer les affiches de la propagande, déplacer les poteaux de signalisation destinés à la Wehrmacht, siffler pendant les actualités allemandes dans les cinémas. Chacun de ces gestes pouvait vous mener à la mort. Mais ça soulageait... M. et Mme Lievens, nos voisins professeurs de musique, ouvraient leur fenêtre les jours de rafle, et jouaient en duo : piano et violoncelle, les œuvres de Mahler ou Mendelssohn ! Les Allemands s'arrêtaient pour écouter, ce qui ralentissait un peu leur zèle. Mieux valait qu'il ne s'en trouvât pas un assez instruit pour reconnaître ces musiciens juifs. Les Lievens auraient risqué la mort.

Rue Crémieux, personne ne soupçonnait les activités de Marie et c'était préférable, car dans la clandestinité le cloisonnement le plus strict est indispensable à la survie. De véritables actes d'héroïsme furent accomplis au nez et à la barbe de l'occupant dans ce coin de Paris. Marie livrait des armes dissimulées dans un landau à double fond ou dans un sac de linge sale. Elle m'a parlé plus tard de Yanek, un jeune Polonais plein de courage, au sourire angélique, qui l'adorait. Il périt déchiqueté par sa propre grenade, lors d'une action menée contre un groupe d'officiers allemands au bois de Boulogne.

Les armées allemandes avaient beau reculer en Russie, en Grèce, en Italie, et les Alliés commencer à marquer des points, on ne voyait pas la fin de cette guerre. Tous étaient au fond persuadés qu'ils seraient morts avant qu'elle se termine.

Les rations alimentaires étaient de plus en plus réduites. Tout manquait. Plus de charbon, plus de bois. On pelait de froid malgré de minables poêles à sciure de bois où la sciure manquait souvent.

On s'arrangeait. Le boulanger n'avait pas de farine mais il proposait des chaussures en cuir d'avant la guerre ou un vélo de course.

La mercière pouvait procurer un peu de beurre sans tickets. La viande se vendait en douce chez un peintre en bâtiment ou un serrurier. Plus de vin, plus d'alcool, plus d'apéro, sauf des vins cuits qui ravageaient l'estomac.

Enfin l'année 1944 arriva.

Les « collabos » commencèrent à se douter que les choses risquaient de très mal tourner pour leur peau. Ils recevaient des petits cercueils. Certains entreprirent fébrilement de rechercher quelques familles juives encore épargnées, pour les mettre à l'abri dans une lointaine campagne. Il n'est jamais trop tard pour se refaire un ersatz de conscience. À chaque nouvelle avance des Alliés, les « résistants » devenaient de plus en plus nombreux, prêts à chasser les hordes barbares, à étriper du Teuton, à bouffer du nazi, à coudre des croix de Lorraine sur leurs drapeaux bleu, blanc, rouge, dont ils venaient furtivement d'ôter la francisque. Tel que vous aviez rencontré la veille dans l'uniforme du PPF du sieur Doriot se retrouvait devant vous le lendemain, prêt à vous flinguer si vous ne hurliez pas « vive de Gaulle ».

Il y eut aussi les irréductibles, ceux qui continuaient à crier au « complot juif, responsable de la guerre » à assassiner les « terroristes » et à torturer dans les caves de la milice ou de la Gestapo.

Les lettres anonymes n'avaient sans doute pas cessé de pleuvoir au sujet de la rue Crémieux, car mes parents étaient recherchés. Des scellés avaient été apposés sur la porte du pavillon.

Grâce à un marchand de vins de la rue Abel, M. Zoulas, ils trouvèrent refuge dans une mansarde, nichée au dernier étage d'un immeuble de l'avenue Daumesnil. C'est là que, le 8 février 1944, naquit ma petite sœur Paulette. Après tout, une mansarde, c'est aussi bien qu'une étable.

La sage-femme avait risqué sa vie en accouchant clandestinement une femme juive. Délit puni de mort.

Pour Simon et Marie, ces derniers mois furent les plus terribles. Paulette avait besoin de lait, et notre alimentation était si misérable qu'il ne fallait pas compter sur celui de la maman pour la nourrir. Sitôt l'accouchement terminé, Simon descendit en acheter à la « Laiterie parisienne », rue Parrot. Puis, tranquillement, en bon citoyen, tout à son bonheur, son pot de lait à la main, il gagna la mairie du XIIe arrondissement pour y déclarer la naissance de sa fille.

Il ne soupçonnait pas les redoutables conséquences de cette démarche si naturelle. Il avait à peine décliné son nom et celui de sa femme à l'employé de la mairie qu'un homme s'approcha :

– Police allemande, veuillez me suivre.

Simon, trimballant toujours son pot à lait, se retrouva à la caserne du Val-de-Grâce, boulevard de Port-Royal.

Il y avait là tout un lot de femmes, d'enfants, d'hommes, de vieillards, qui attendaient, de l'angoisse plein les yeux. Ils avaient été raflés. D'un seul coup la réalité lui sauta au visage. Il était au fond du trou !

– Quel imbécile je suis ! pensa-t-il. Et ma femme qui est toute seule avec les enfants... Qu'est-ce qu'on va devenir ?

Mais la chance ne l'abandonnait pas. Un brigadier passa. Simon et lui se connaissaient pour s'être souvent croisés et salués dans le quartier.

– Qu'est-ce que vous faites ici ? demanda-t-il.

– Vous voyez ! Je suis allé chercher du lait et on m'a arrêté.

– Suivez-moi ! lui souffla le policier.

Il entraîna Simon à travers les couloirs, s'arrêta devant la porte d'un cagibi, de ceux où l'on entasse balais et produits d'entretien.

– Restez là. N'en bougez pas, quoi qu'il arrive. C'est moi qui viendrai vous chercher.

Puis il referma la porte et Simon se retrouva seul, debout, dans l'obscurité, l'oreille aux aguets.

Ce fut terrifiant. Des ordres retentirent, rendus indistincts par l'écho des couloirs. Puis des bruits de pas, des clameurs, des pleurs, scandés toujours par des aboiements impératifs. Et enfin un terrible silence.

Des dizaines de malheureux venaient encore d'être embarqués pour Drancy ou Pithiviers.

Simon était partagé entre l'horreur, la compassion

pour tous ces gens – et le souci beaucoup plus personnel de Marie, qui devait se ronger les sangs, et de ce bébé qui devait hurler, attendant un biberon qui ne venait pas.

En effet, dans la soupente de l'avenue Daumesnil, l'ambiance n'était rien moins que joyeuse. Je revois confusément ces instants. Bien que je fusse tout petit, mon instinct me faisait pressentir le danger, la précarité de la situation. Ma mère m'a raconté que j'allai chercher un verre d'eau et que je revins vers elle :

– Bois, maman, je ne veux pas que tu meures.

Heureusement, le fidèle Candi était passé par là. Il partit à la recherche de Simon.

Au Val-de-Grâce, la nuit était tombée lorsque enfin le brigadier revint chercher Simon. Il l'entraîna à nouveau dans des couloirs désertés aussi sonores que ceux des hôpitaux, et lui dit que le commandant de la caserne voulait le voir.

Qu'est-ce qu'il en avait à faire, du commandant de la caserne, Simon ? Il n'avait qu'une idée, c'était de sortir de ce piège et de grimper au plus vite jusqu'à la mansarde. Mais comment faire autrement ?

Dès qu'il fut entré dans le bureau, le commandant le pria de s'asseoir, ce qu'il fit sans lâcher son pot de lait.

– Pourquoi vous a-t-on arrêté ?

– Je ne sais pas. Je venais d'acheter du lait.

– Vous êtes juif ?

– Oui.

L'homme le regarda fixement dans les yeux puis, sans un mot, prit une plume, écrivit une lettre, la glissa dans une enveloppe et la tendit à Simon.

– Voilà ! Promettez-moi d'aller porter cette lettre dès que possible à l'adresse indiquée sur l'enveloppe. Le brigadier va vous raccompagner chez vous. Avec le couvre-feu, ce ne serait guère prudent de partir seul.

Dans une obscurité totale ou presque, les deux hommes descendirent l'avenue de Port-Royal et passèrent les Gobelins. Le silence n'était rompu que par le bruit de leurs pas, quatre pieds qui semblaient se poursuivre comme des petites bêtes affairées, tantôt s'accordant, tantôt s'opposant.

– Y a pas un chat ! finit par murmurer Simon, histoire de dire quelque chose.

– Normal, on les a tous bouffés ! répliqua le brigadier.

Ils empruntèrent le boulevard de l'Hôpital et traversèrent le pont d'Austerlitz. Lorsqu'ils furent arrivés à l'angle de l'avenue Ledru-Rollin et de la rue de Lyon, Simon, toujours son pot de lait à la main, remercia chaudement ce brave brigadier et lui laissa entendre qu'il était arrivé. Inutile qu'il l'accompagnât là où se cachaient Marie et les enfants.

Simon se retrouva seul et totalement perplexe. Ahuri par sa chance – et toutefois ne parvenant pas à comprendre le jeu de cet officier qui l'avait relâché en lui confiant une lettre. L'aventure avait dû sérieusement le tourneboulER, car il fit une chose qui après coup devait lui apparaître d'une absurdité suicidaire : au lieu de filer au plus vite jusqu'à la mansarde de l'avenue Daumesnil, il alla au 8 de la rue Crémieux et pénétra à l'intérieur du pavillon comme s'il y habitait encore, après avoir brisé les scellés apposés sur la porte par les Allemands.

Dans la pénombre, il s'écroula sur une chaise de la cuisine, anéanti par la tension qu'il venait de subir. Tout se mélangeait dans son esprit.

Pendant des heures et des heures il n'avait eu qu'une idée : se trouver dans cette mansarde avec les siens, et voilà qu'il venait de se précipiter dans le seul endroit où il n'aurait jamais dû mettre les pieds. Il se mit à psalmodier une prière, non pour que Dieu lui vienne en aide, mais pour redevenir ce petit garçon qui la récitait, là-bas à Constantinople, du temps où il était heureux.

C'est dans cet état que Candi, qui continuait à battre le pavé, au risque lui aussi de se faire arrêter, le découvrit.

– Simon, bon sang, qu'est-ce que tu fais là ?

– Hein ? Quoi ?

Mon père le regardait, comme réveillé en sursaut.

– Tu ne dois pas rester ici ! Marie et tes enfants t'attendent...

Mon père se leva, et parut soudain redescendre sur terre.

Les deux amis tombèrent dans les bras l'un de l'autre. Puis Candi tira Simon vers la porte.

– Filons vite ! souffla-t-il et il l'entraîna avenue Daumesnil. *Du bist ganz tsedraït !* Tu es complètement fou !

Marie s'était jetée vers lui, sans qu'il pût dire si elle allait le gifler ou l'embrasser, tant elle venait de traverser des heures d'inquiétude folle.

Pour toute réponse, il tendit son pot de lait, dont il ne s'était pas séparé de la journée.

Cependant, il ne lui parla pas de la lettre écrite par le commandant et de la promesse qu'il lui avait faite.

Il avait lu l'adresse. C'était celle du siège de la Gestapo française, 93 rue Lauriston. Un repaire de gangsters, de tortionnaires et de collabos, que dirigeait le sinistre Laffon. Les types qui officiaient là n'étaient pas même des idéologues. Des ordures de la dernière catégorie, qui violaient, torturaient, rançonnaient, après quoi ils repassaient leurs victimes aux Allemands. On ne connaissait pas encore tout, à ce moment-là, des atrocités qui furent commises dans cet immeuble, mais il avait quand même une inquiétante réputation.

Simon, cette nuit-là, dormit mal. Pour quelle incompréhensible raison ce commandant, en même temps qu'il lui sauvait la vie, lui confiait-il une lettre qui l'envoyait à la mort ? Ce qui l'intriguait par-dessus tout c'était le regard de ce commandant. Un regard qui pesait encore sur lui, dont il ne parvenait pas à se débarrasser. Comme si les yeux de cet homme avaient voulu lui communiquer quelque chose qu'il ne pouvait pas dire.

Toutes ces années de peur, de privation, de persécution lui avaient-elles un peu trop tapé sur le système nerveux ? En tout cas, le lendemain dans la matinée, Simon fit encore une chose folle, délirante, absurde : il se présenta devant la porte du 93 rue Lauriston.

Un planton digne et anonyme était dans le hall.

– Monsieur X... s'il vous plaît ? demanda Simon.

Le bonhomme décrocha son téléphone, dit quelques mots puis raccrocha.

– Asseyez-vous, on vous appellera.

Simon obéit. Il vit passer des gens qu'on amenait, ou qu'on emmenait, bousculés, défigurés... Et il était là, lui ! Dans l'immeuble le plus dangereux et le plus terrible de Paris ! Jamais il ne reverrait Marie et les enfants ! Il fallait qu'il s'enfuie, s'il en était encore temps !

À ce moment, la voix du planton lui vrilla les oreilles.

– Pour Monsieur X... Troisième étage, bureau 338.

Simon se leva en tremblant, gravit les escaliers jusqu'au troisième et se retrouva face à la porte du bureau 338. Il frappa. Une voix française sans le moindre accent répondit :

– Entrez !

Simon s'avança dans la pièce. Un homme d'une quarantaine d'années, sévère et impénétrable, assis derrière un vaste bureau, le dévisagea.

– Asseyez-vous.

Simon lui tendit l'enveloppe du commandant.

L'homme la décacheta posément et se mit à lire. Tout comme le commandant, lui aussi fixa Simon droit dans les yeux.

– Monsieur, vous devez revenir me voir le plus tôt possible avec deux photos d'identité : la vôtre et celle de votre femme.

Une fraction de seconde, Simon se demanda s'il perdait la raison, mais déjà son interlocuteur poursuivait :

– Ainsi, je pourrai vous établir un nouvel état civil sur de vraies cartes d'identité, naturellement... Désormais votre nom sera Gonzales Salva, votre nationalité espagnole. Votre femme sera danoise, votre domicile à Cour-sur-Loire. Tout sera parfaitement en règle.

Lorsque huit jours plus tard Simon, revenant avenue Daumesnil avec les nouvelles cartes, raconta son histoire, il crut bien que ma mère allait le défenestrer.

– Et tu es allé rue Lauriston !... Tu es complètement fou ! Fou à lier ! Mais pourquoi ?

– Je... Je ne sais pas... J'avais l'impression qu'il fallait que j'y aille. Ce commandant me l'avait dit...

Mon père était-il un peu médium ? C'est à se le demander. En fait, la Résistance avait réussi à infiltrer la Gestapo française, afin de sauver les gens qui pouvaient l'être, et pouvoir ensuite témoigner. Personne à sa place n'eût obéi à la recommandation de l'officier du Val-de-Grâce. Il avait obéi, lui. Et désormais, l'espoir d'en réchapper n'était plus chimérique...

Il était temps. Paris devenait dangereux. La tension montait de toutes parts. Début 1944, l'exécution des membres appartenant à la MOI du fameux groupe Manouchian avait horrifié la majorité des Français. Le bourrage de crâne d'un Philippe Henriot, sur les ondes, ne suffisait plus à dompter l'opinion. Bientôt ce journaliste laquais de l'occupant paierait de sa vie l'odieuse éloquence qu'il avait déployée contre les Juifs. Les attentats se multipliaient. Les représailles tombaient. Du coup, tout devenait menaçant ou semblait l'être. Durant les dernières semaines, Marie et Simon hésitaient à circuler, à prendre le métro. On devenait paranoïaque. Pourquoi cet homme, à la boutonnière ornée d'une discrète croix gammée en émail, m'a-t-il regardé si longuement ? Il vaut mieux descendre à la prochaine et vite. Qui a sifflé Hitler, Pétain ou Laval durant la projection des actualités « françaises » ? Pourquoi est-ce moi qu'on regarde ?

Marie et Simon, nantis de leurs nouveaux papiers, décidèrent donc de quitter la ville avec, bien sûr, ma sœur et moi.

C'est ainsi qu'en avril 1944 nous arrivâmes à Neuillac, un village de Charente-Maritime, à trente-trois kilomètres de Jonzac, chez un couple de cultivateurs qui s'appelaient les Bertandeau.

Marie, qui espérait enfin pouvoir respirer, eut un coup au cœur en arrivant à Neuillac, lorsqu'elle entendit énoncés par leur logeur les noms des habitants.

– Qu'est-ce que nous avons fait au bon Dieu ? On se sauve pour se cacher, et sur qui on tombe ? Des Juifs ! Que des Juifs ! Abraham, Moïse, Isaac, Jérémie, Élie, Ezechiel... Il n'y a donc que des Juifs ici !...

Elle fut bientôt rassurée : en fait, le village était en majorité peuplé de protestants, qui portaient donc des prénoms bibliques. Mais Marie ne connaissait pas encore la France profonde.

Le véritable danger, d'ailleurs, ni elle ni Simon ne pouvaient le prévoir. Les Alliés se préparaient à débarquer sur les côtes de l'Atlantique. Il serait vital pour les Allemands de tout faire pour les rejeter à la mer.

Ils n'y parvinrent pas ; mais à l'inverse, les troupes débarquées dans cette région n'arrivèrent pas à percer les lignes allemandes et restèrent encerclées dans une vaste « tête de pont ». Il fallait donc liquider celle-ci. Le haut-commandement allemand décida de la prendre en tenaille en faisant venir une des plus dangereuses unités de la Wehrmacht, la 2e Division SS « Das Reich » qui stationnait près de Toulouse.

Nous allions nous trouver ainsi à l'épicentre des combats.

Immédiatement alertées par Londres, toutes les unités de la Résistance se trouvant entre la Haute-Garonne et la Normandie se lancèrent dans la bataille, afin de retarder cette division d'assassins et de tortionnaires.

La haine contre les nazis était à son comble. Toutes les pauvres ressources des populations et des maquis furent mises à contribution. C'était des pavés descellés qui empêchaient les panzers d'avancer ; du sucre dans les réservoirs d'essence ; des troupeaux de moutons qui batifolaient sur la route en paralysant tout trafic. Jusqu'à d'innocentes crottes de biques ou bouses de vaches qui abritaient des pétards pour faire éclater les pneus, ou même des mines antichars. Des ponts étaient coupés, des tunnels s'effondraient, des panneaux indicateurs étaient arrachés ou tournés dans la mauvaise direction. Des groupes de FFI ou de FTP attaquaient les chars à la grenade Gamon ou à la mitrailleuse, avant de se fondre dans la campagne, soutenus par toute la population.

Rendus fous par cet adversaire invisible et omniprésent, les SS semèrent la terreur et multiplièrent les exactions, persuadés qu'ils materaient la population. Ils pendirent quatre-vingt-dix-neuf otages à Tulle le 9 juin et massacrèrent ou brûlèrent vives six cent quarante-deux personnes, hommes femmes et enfants, à Oradour-sur-Glane, le lendemain. Ils assassinaient au hasard. C'est pourquoi, ballottés d'un côté, tiraillés de l'autre, ils pouvaient tout aussi bien se rapprocher de Neuillac où nous étions, que divaguer en direction de l'est.

Ce fleuron de l'armée nazie aurait dû mettre trois jours tout au plus pour atteindre le front normand. Il en mit dix-sept et se retrouva tellement diminué et affaibli qu'il fut dans l'impossibilité de remplir la mission que lui avait confiée Adolf Hitler. Cela permit aux troupes alliées de réussir une percée décisive qui les mena jusqu'à Paris. Le 26 août, von Choltitz capitula devant Leclerc.

VI

LA MÉMOIRE ET L'AMOUR

La guerre n'était pas finie, mais Marie voulut rentrer immédiatement chez elle. Nous étions à la fin août et le retour fut loin d'être facile. Les trains étaient rares, les locomotives réquisitionnées ou détruites, les voies ferrées coupées par les attentats, et dans bien des endroits encore jalonnées de bombes à retardement.

Si bien que ce fut seulement en octobre que nous retrouvâmes le 8 de la rue Crémieux.

Quelques déconvenues y attendaient mes parents. D'abord, la maison avait été totalement pillée. Par des Allemands ou des Français ? C'est une devinette qui en vaut bien une autre. Mais une seconde surprise attendait Marie et Simon : un couple de Juifs, « monsieur et madame Jacques », occupait les lieux. Une voisine les avait convaincus que nous ne reviendrions pas. Ils s'étaient donc installés.

Mes parents n'eurent pas besoin de réfléchir longtemps pour comprendre les vraies raisons de cette petite invasion. La voisine en question, ils avaient eu mainte occasion de s'en rendre compte, n'aimait pas les Juifs ; elle devait se frotter les mains de contentement à l'idée de voir quatre d'entre eux se bouffer le nez. La manœuvre échoua : à l'évidence ces gens étaient de bonne foi. Ils ne savaient où aller. Simon et Marie s'entendirent avec eux en leur permettant de s'installer dans le deux pièces du dernier étage, où ils restèrent pendant un an.

Simon ne changeait pas : sa première idée fut de fêter et leur retour, et la Libération. À son initiative, on sortit chaises et tables sur les pavés ; toute la rue, ou à peu près, mit en commun ses maigres ressources. Ce soir-là il y eut des verres entrechoqués, des chansons et des blagues.

Marie observait. Elle n'arrivait pas à participer à la liesse populaire. Elle pressentait l'annonce de nouvelles épouvantables. Le rideau allait se lever sur une immense douleur.

C'était une joie presque déchirante de pouvoir se dire qu'à présent on avait le droit de vivre, de penser tranquillement à ses affaires du lendemain sans l'ombre d'une épée de Damoclès suspendue au-dessus de la tête.

Dès le jour suivant, Simon reprit le chemin de son cher Vernaison. Là non plus, le spectacle qui l'attendait n'avait rien de réjouissant. Beaucoup de boutiques étaient fermées. La plupart avait été pillées. On aurait dit qu'un ouragan s'était abattu sur le merveilleux Marché aux Puces.

Il fit le tour, prit des nouvelles. Elles étaient accablantes. Beaucoup de ses collègues avaient péri dans cette folie. Les gens se comptaient. Dans l'allée de

Simon, tous les stands étaient désormais tenus par des femmes sans maris, morts en déportation.

– C'est l'allée des Veuves, murmura Simon, qui tentait encore d'être gai.

Le couple d'Italiens était toujours là. Madame avait encore grossi.

La situation de Simon n'était pas brillante. D'abord il lui fallait récupérer ses locaux et le droit de les utiliser. Libération ou pas, les administrateurs nommés par Vichy – les mêmes qui avaient accroché l'inscription figurant à l'entrée de l'hôtel Drouot : « Interdit aux Juifs et aux chiens » – ne lâchaient pas prise facilement. Le stand était occupé par une « aryenne », Mme Meunier. Après un pénible procès, Simon ne récupéra son magasin qu'en avril 1946.

Il y avait aussi les bons amis et les relations à qui il avait confié des objets, et qui, bizarrement, se révélaient introuvables. D'autres encore avaient totalement perdu la mémoire. Ils ne se souvenaient plus de rien. C'était certainement le résultat des privations alimentaires qu'ils avaient endurées pendant quatre ans. Un solide traitement à base de coups de pied dans le cul les aurait sans doute aidés à guérir rapidement.

Simon dut se résigner à ces pertes. Le bilan était lourd sur le plan financier, mais ce n'était pas l'argent perdu qui le faisait le plus souffrir. C'était la pensée de ceux qu'il avait traités en amis ou qu'il croyait tels et qui se révélaient lâches, menteurs et déloyaux. Pourtant, ils lui en avaient fait, des sourires et des déclarations de fidélité. En songeant à eux, une phrase entendue lui trottait dans la tête : « Il avait la franche et loyale poignée de main de l'authentique faux jeton. »

Simon avait retrouvé Jo Klappish, le fils de Raphaël. Jo s'indignait :

– Les salauds ! Les fumiers ! Nous on n'avait plus le droit de vivre, et sous couleur de nous aider, ils en profitaient pour tout nous prendre.

Simon hochait la tête, pensif. Raphaël Klappish lui aussi avait disparu dans la nuit et le brouillard. À présent Simon se proposait d'apprendre le métier à son fils, comme le père le lui avait appris.

Il abattit une main fraternelle sur l'épaule de son jeune compagnon :

– Allez... On est vivants, mon garçon.

On est vivants... Les mois suivants devaient donner une résonance terrible à cette sage pensée. Ils n'étaient pas au bout de leurs désespoirs. Le 17 janvier 1945, en effet, le camp d'Auschwitz était libéré par l'Armée rouge.

Oh, on savait bien ! Tout le monde savait. Plus ou moins. Et ceux qui ne savaient rien, c'est qu'ils ne voulaient pas entendre. Dès l'été 1943 des rumeurs avaient couru, et même bien plus que des rumeurs, sur la destination finale des gens que l'on déportait.

Pourtant, l'horreur de ce qui fut alors découvert, personne ne pouvait humainement imaginer quel degré elle avait atteint.

Pour Marie et Simon, comme pour des milliers d'autres, ce mois de janvier fut encore un coup de poignard. L'ennemi nazi écrasé se révélait pire encore, plus barbare, plus dément qu'on ne l'avait cru.

Fernande, la fille d'Azrak, avait quatorze ans. Simon l'accompagna à l'hôtel Lutétia où, sous l'autorité du commandant Jean d'Arcy, les survivants des camps étaient accueillis, pour des raisons tant pratiques que d'hygiène, car le typhus guettait.

Dans le hall de l'hôtel étaient affichées les listes de ceux qui avaient survécu à tout.

Ils étaient là, dans leur défroque rayée, décharnés, hagards, absents, sous le regard de ceux à qui manquait un être aimé, père, frère ou sœur, mari ou femme, ami...

Jour après jour, Fernande et Simon revinrent, avec la photo d'Azrak.

Jamais mon père n'a pu évoquer sans pâlir ces jours où il eut le devoir d'accompagner une enfant de quatorze ans qui espérait retrouver son père. Chaque jour ils posaient les mêmes pauvres questions que des centaines d'autres :

– Vous... Vous... Est-ce que vous le connaissez ? C'est mon père... C'est mon ami...

Et toujours, toujours la même réponse. Non... non... non...

Qui, parmi ces hommes, ces femmes qui n'avaient même plus l'apparence d'êtres humains, et que tant de gens suppliaient, interrogeaient, qui oserait dire qu'Azrak, semblable à des millions d'autres, ne reviendrait pas ? Que nulle sépulture ne lui serait consacrée, qu'il était parti en fumée, Azrak, comme ces millions d'autres et que même son souvenir disparaîtrait avec le dernier d'entre nous ?

Azrak, qui dansait à Béréket Zadé, le regard planté

dans les yeux de Malka. Azrak qui lisait *L'Humanité* aux comptoirs des bistrots du faubourg Saint-Antoine.

La liste était longue de tous ceux que Simon avait connus et aimés, qui six ans plus tôt vivaient encore, riaient, aimaient. Les enfants de Boubé Golter étaient morts. Anna, Isabelle, Hélène, ses petites-filles, étaient orphelines. Et Raphaël Klappish... Simon entendait encore sa voix, quelque vingt ans plus tôt, sur le boulevard Saint-Michel, baragouinant des considérations incompréhensibles sur le commerce...

– On est vivants, redisait Simon, accablé.

La Pologne faisait maintenant partie du paradis soviétique. C'est dire qu'obtenir des renseignements n'était guère facile. Malgré cela, Marie parvint à contacter ses cousines Edge et Esther, seules rescapées de l'holocauste.

Leur famille avait été décimée, frères, sœurs, parents, grands-parents, enfants. Personne n'était revenu.

– On est vivants, disait Simon. La vie continue... La vie doit continuer.

Mais quelle vie ? demandait une toute petite voix venue de nulle part.

On retroussa les manches.

Simon fit de Jo Klappish son associé. On mit les ressources en commun, on emprunta, on se débrouilla. Il fallait bosser. La voiture à bras fut remplacée par une camionnette Juva 4 Renault bleue, sur laquelle un panneau affichait fièrement :

SIMON et RAPHAËL FILS
BROCANTEURS
ACHAT DE BIBELOTS, MÉTAUX,
MEUBLES À DOMICILE

On rouvrit les boutiques. Peu à peu l'activité reprenait, dans une euphorie toute relative. Certes, tout était à faire, et personne ne risquait d'être au chômage ! Mais on vivait dans un Paris où l'on ne mangeait pas encore à sa faim. Un Paris fiévreux et maigre, émergeant à peine des temps du couvre-feu, encore jalonné des panneaux indicateurs allemands, aux façades encore trouées d'impacts de balles. Un Paris où les combats de la Libération avaient fait des morts à tous les coins de rue. Paris martyrisé, mais Paris libéré ! avait clamé lyriquement le général de Gaulle. Il aurait fallu ajouter : un Paris vaguement honteux qui commençait déjà à se taire lourdement sur les hideux souvenirs du palais Berlitz et du Vél'd'hiv'...

C'est le quotidien qui sauve. Au fil des jours, les grands malheurs sont rongés par les petits soucis, et finalement, peut-être que c'est bien comme ça.

Les malheurs de la guerre n'avaient ôté aucune énergie aux voisines de Simon. L'allée des Veuves, puisque désormais tel était son nom, continuait à retentir de leurs chamailleries, engueulades et prises de bec. Quand la coupe était pleine, ces douces personnes se précipitaient sur Simon pour le prendre à témoin, dans le langage choisi qui depuis le temps de Villon, et sans doute même au-delà, caractérise la marchande parisienne :

– Mon petit Simon, cette salope me pique mes clients !

– Boucle-la, gueule d'empeigne ! c'est toi qui t'installes sur mon terrain !

Simon écoutait ces querelles en riant. Quand on recommence à se disputer pour des âneries, c'est la preuve que le monde ne va pas si mal.

J'avais cinq ans et il commença à m'emmener aux Puces avec lui le samedi et le dimanche. Je crois bien que ce sont là les souvenirs les plus éblouissants de mon enfance. Il me faisait le plus beau, le plus extraordinaire, le plus fascinant des présents qu'un enfant puisse recevoir. Il m'offrait le plus vaste grenier à rêves du monde. Je fouinais partout et quand je rentrais à la maison j'étais sale comme un peigne, mais les bras lourds de cadeaux, de jouets, de bricoles de toute espèce que me donnaient les collègues et amis de mon père.

Sans doute celui-ci se souvenait-il de sa propre enfance, de Joseph et du Grand Bazar. Comme c'était loin, tout cela ! Comme la vie avait passé vite... Un autre monde, dont le séparaient quatre décennies, deux guerres mondiales, des empires démantelés... Et des gens disparus. Cadoune, Azrak, Malka... Jamais le deuil dû à l'exil et à la guerre ne devait s'effacer de son cœur. Pourtant, Simon savait une grande chose : c'est que tant qu'on est vivant, on doit être heureux pour donner du bonheur aux autres. Alors il faisait son possible pour nous donner une enfance, aussi insouciante et douce que celle qu'il avait eue. C'était le devoir de vivre.

Les affaires reprirent, l'argent rentra. Peu à peu il

retrouva ses habitudes généreuses de prince de la brocante.

*
**

Jacques le Litvok avait épousé une petite Russe rouquine et coquette qu'on appelait Fanny, et dont mon père disait qu'elle marchait avec un parapluie planté dans le derrière, tant elle se tenait roide et fière. Ils venaient souvent lui rendre visite. Mais quel changement ! Fini le Litvok flambeur. Maintenant il ressemblait à un notaire de province, tant sa mine était sérieuse, son allure compassée et ses fringues tristes et sombres.

– Pas possible !... Il se croit sorti de la cuisse de Jupiter, celui-là, avec sa jument ! marmonnait Simon.

Il confondait jument et Junon. M. Boner, qui tenait un stand de gravures anciennes, en face, avait bien essayé de lui faire corriger son erreur, mais sans succès.

La grosse Italienne continuait à apostropher son mari, lequel devait sans doute continuer à la faire « coucou », comme elle disait. Elle invectivait aussi les clients. De sorte que les habitués faisaient un détour en apercevant cette énorme dondon, le visage peinturluré, le cheveu on ne peut plus noir, assise dans un fauteuil dont aucune force au monde ne semblait pouvoir l'extraire.

Parmi les nouvelles relations de mon père au Marché aux Puces, il y en avait d'étranges : par exemple le père Jules, un marinier ; Clo-Clo, un drôle de type ; Félix Chapel dont le pseudonyme lui permettait d'écrire d'inquiétants romans policiers ; et aussi un certain Zabel que la rumeur publique accusait d'avoir tué un petit marlou qui tournait autour de sa filleule et de l'avoir décapité. En fait il ne s'agissait que d'un seul et même personnage, plus connu sous le nom de Michel Simon.

Ce formidable comédien et mon père s'étaient pris d'amitié. Michel venait lui rendre visite le plus souvent possible. Il l'appelait « p'tit Simon », ou « La Brocante », ou encore « Simon la Brocante ». Il adorait son « bazar » où les objets s'entassaient pêle-mêle par terre, dans des cartons, aux murs et jusqu'au plafond. Mon père, de son côté, avait une immense admiration pour l'acteur dont il connaissait tous les films. Mais chaque fois qu'il abordait le sujet, Michel le regardait en coin et se mettait à grogner.

– Pourquoi tu me parles de ça ? Je te plais mieux quand tu me vois sur l'écran que lorsque je suis là, dans ton bazar ? Allez, p'tit Simon, parlons d'autre chose !

Un jour, la photo de mon père parut dans le *New York Herald Tribune*, accompagnée de cette légende :

« Voulez-vous acheter une vieille casserole à cet homme ? »

– Une vieille casserole ! ronchonna mon père, c'est tout ce qu'ils ont trouvé à dire sur moi !

Michel qui était là se mit à rire.

– Mais, p'tit Simon, tu ne te rends pas compte ! C'est le plus grand journal américain. C'est magnifique.

– Magnifique ! Magnifique ! reprit Simon. N'empêche que c'est bien ça l'Amérique. Ils te prennent en photo par-ci, ils te reprennent par-là, et tu te retrouves avec une casserole aux fesses. C'est tout ce qu'ils ont vu dans le magasin ! D'abord c'était pas une casserole, c'était un ciboire !

Michel Simon était un provocateur. Il aimait choquer. Il endossait une aube ou une soutane puis, en exagérant le grasseyement de sa voix, qui pouvait devenir très douce, il disait :

– Dis-moi, « La Brocante » ? Tu me vois baiser avec ça ? Plus de vingt boutons ! T'imagines ! Le temps que ça prendrait avant d'être au cœur du sujet... Tu vois, La Brocante, je comprends pourquoi les curés baisent pas. C'est à cause de cette foutue soutane !...

Ce genre de plaisanterie gênait mon père. Il aimait rire, mais le graveleux n'était pas son genre. Il haussait les épaules. Michel riait comme un bossu, je voyais trembler ses incroyables bajoues et briller ses yeux emplis d'une malice diabolique. J'étais fasciné. Entre l'ami de mon père que je voyais au marché et les divers personnages qu'il incarnait, où était le vrai Michel Simon ? Où se trouvait sa vraie vie ? Sur l'écran ou à la ville ? Il y avait là un mystère propre aux comédiens, et je crois que je ne l'ai jamais percé. Mais ce n'est assurément pas un hasard si plus tard j'ai choisi un métier où je côtoie des acteurs.

D'autres curieux personnages fréquentaient Vernaison. Eux aussi jouaient un rôle, mais contrairement aux acteurs, c'est pour eux-mêmes qu'ils semblaient donner la représentation. Il en était ainsi de l'étrange bonhomme que mon père avait surnommé « le Cardinal ». Il était toujours vêtu comme un ecclésiastique de haut rang et s'était fait la tête de Richelieu. Il portait l'anneau cardinalice, une grande chaîne avec un crucifix en argent sur la poitrine, et s'exprimait avec cette lenteur douce et onctueuse que l'on prête aux gens d'Église.

– Je suis sûr que même son moulin à café sort d'une église ! disait mon père.

Les clients qui se donnaient rendez-vous dans la boutique de Simon étaient finalement aussi hétéroclites que les objets qu'on y trouvait. À côté du Cardinal ou de Michel Simon, il y eut René Floriot l'avocat, aussi bien que la Grande Alsacienne, une bonne fille à l'accent de Colmar qui, à chacune de ses visites, faisait royalement cadeau d'un munster bien fait à Simon. Et puis Bulgari, le Bulgare, qui vendait des pâtisseries turques. Et toutes sortes de manouches, de pauvres diables, de relations d'affaires...

Simon bonimentait avec facilité et prestance, sa haute silhouette déambulant dans la boutique comme celle d'un sultan au milieu de son palais. Il était généreux. C'était un seigneur, un vrai seigneur à Paris. Un jour, un jeune homme s'approcha d'un piano droit qui se trouvait au coin du stand, et se mit à jouer. On aurait pu s'attendre au pire, mais non : il parvenait à faire sortir une musique de cet instrument désaccordé.

Des passants s'arrêtèrent. Le petit gars, ayant fini d'essayer l'instrument, en demanda le prix. Mon père le lui dit et le jeune homme baissa la tête, déçu. À l'évidence, c'était beaucoup trop pour lui. Il tournait déjà les talons et s'éloignait, piteux, quand Simon le rappela et lui demanda ce qu'il faisait dans la vie.

– Je suis étudiant au Conservatoire de musique.

– Alors ça change tout ! décréta Simon. Dans ce cas-là, je te l'offre !

Puis il ajouta d'un ton bourru, pour qu'on ne s'imagine pas qu'il avait du cœur :

– Mais démerde-toi pour l'embarquer !

Le soir, en fermant son magasin, il oubliait toujours quelques bibelots et objets divers devant la porte.

– Pourquoi tu ne ranges pas ceux-là ? s'inquiéta un jour un marchand voisin.

– Tout le monde doit gagner sa vie, camarade !

Comme le Booz de Hugo, mais respectant sans le savoir un précepte de la Bible : quand tu vendangeras ta vigne, tu ne recueilleras point ensuite les grappes qui seront restées ; ce sera pour l'étranger, pour l'orphelin et pour la veuve, Simon savait que des crocheteurs, de pauvres diables de chiffonniers, passeraient par là et en feraient leur profit.

Oui, c'était un enchanteur. Cet homme courageux et avisé, doué pour les affaires, n'a jamais eu le côté renfrogné ou arrogant du mercanti. Il était devenu brocanteur pour gagner sa vie et par amour des objets. Son plaisir était de les découvrir, et de voir l'acheteur content s'en aller avec eux. C'était un poète. Ainsi conservait-il de son enfance à Constantinople une passion pour les oiseaux. À la porte de notre maison rue Crémieux, il avait suspendu une cage, juste au-dessus de la plaque en céramique rappelant qu'en 1910, lors des inondations, l'eau avait atteint un mètre soixante-dix à cet endroit.

La rue Crémieux était d'ailleurs le paradis des animaux. Il y avait des canaris, une tortue, des poissons rouges, et un énorme lapin blanc qui logeait au sous-sol dans notre buanderie, cadeau d'un copain de mon père.

La fin de ce lapin fut tragique. Il grossissait à vue d'œil, se nourrissant certes de salades mais aussi des chaussettes de Simon que Marie mettait à sécher. Qu'en faire ? Une solution s'imposa à mes parents. Il fallait le tuer ! Mais il n'était pas question qu'ils s'en chargent eux-mêmes. C'est donc M. Godin, un petit homme aux cheveux rouges, peintre de son état, qui se chargea de la besogne.

Personne à la maison n'eut le cœur de manger de ce lapin-là. On prétexta qu'il n'était pas casher, ce qui était en effet une bonne raison... un peu jésuitique peut-être ?

Quand je n'allais pas à l'école maternelle de la rue Traversière, j'accompagnais Simon partout. Je me rappelle être allé souvent chez les sœurs de Saint-Vincent-de-Paul, rue du Bac. Un jour, Dieu sait sous quelle inspiration subite, je déclarai à la sœur Montaigne que le grand chapelet en buis qui pendait le long de sa robe « portait malheur ». Où étais-je donc allé pêcher une idée pareille ? Je n'en sais rien, mais je reçus sur-le-champ une fessée que seules interrompirent les supplications de la sœur – tout de même suffoquée par ma réflexion. Après quoi elle me consola, et, pour me prouver qu'elle ne me tenait pas rancune de mes propos sacrilèges, elle me donna des bonbons et des images pieuses.

Digne fils de mon papa, j'éprouvais déjà une immense joie à me balader tout seul à travers la ville. Lorsque, le dimanche, Marie allait faire ses courses au « Pletzel » au cœur du Marais, elle m'emmenait avec elle. C'était un quartier qui semblait vivre à nouveau dans une fête perpétuelle, maintenant que le danger était passé. Bien sûr, beaucoup, beaucoup trop, manquaient à l'appel. Mais sans doute, la joie d'avoir survécu et cette sorte d'hommage de la joie que les Juifs rendent à leurs morts les poussaient-ils, les inspiraient-ils. Aussi, chacun s'attachait-il à rebâtir en chantant, même si la mélancolie perçait parfois sous la musique du bonheur.

Nous allions d'abord chez la bouchère de la rue Ferdinand-Duval, Mme Alter, veuve comme tant d'autres femmes juives, et qui avait repris le commerce de son mari. Par bonheur, ses deux filles et son fils avaient été épargnés. Mme Alter était très grande et de la voir couper la viande, asséner des coups de hachoir, scier les os comme l'avait fait son mari, m'étonnait mais surtout m'effrayait.

Ensuite, nous rendions visite aux épiciers, les Zylberstein. Marie leur achetait des cornichons qui marinaient dans un grand tonneau de saumure, des harengs gras, du raifort. On respirait chez eux cette odeur d'épices qui a imprégné toute mon enfance et que je hume encore avec délices quand je me promène dans le Pletzel du Marais. Puis c'était le boulanger, chez qui Marie prenait le *swartsbroït*, un pain au sésame, et pour moi un gâteau au fromage énorme que je n'ai jamais pu manger entièrement.

Il arriva une fois que, trompant la vigilance de ma mère, je sortis tranquillement de chez le boulanger où elle attendait d'être servie. Et me voilà parti de la rue des Rosiers en direction de la Bastille. Je n'y allais pas par hasard : je savais que là, juste à côté de la gare où se trouve maintenant l'Opéra, il y avait très souvent un haltérophile ou un cracheur de feu.

Ce jour-là, ce n'était ni un cracheur de feu ni un haltérophile qui œuvrait sur la place, c'était un briseur de chaînes, une espèce de « Grand Zampano » comme celui de *La Strada*. Je me faufilai jusqu'au premier rang des badauds et personne ne fut surpris de voir un môme de cinq ans seul. Peut-être après tout qu'ils étaient derrière, les parents, et chacun sait qu'un enfant abandonné ou perdu sait se faire reconnaître en appelant sa maman d'une voix désespérée. Moi, non seulement je ne pleurais pas, mais j'avais l'air très heureux.

Il y avait toujours toute une foule bon enfant autour de ces « artistes » qui savaient comme personne faire durer le plaisir. Il fallait qu'il en tombe, des pièces de cinq sous, avant qu'ils soulèvent un haltère ou brisent une seule chaîne.

Je ne pouvais pas prévoir que ma petite escapade allait mettre toute la rue Crémieux en effervescence, que les commissariats seraient alertés, qu'on téléphonerait aux hôpitaux et qu'on me chercherait partout, jusque dans le métro et même dans les égouts.

J'étais tellement fasciné par ce que je voyais que je ne m'étais pas rendu compte du temps qui passait. J'avais tout oublié, y compris le repas de midi.

Lorsque je m'aperçus que la nuit commençait à tomber, je suis reparti tranquillement par la rue de Lyon jusqu'à la rue Crémieux.

J'étais encore loin que j'entendais déjà les cris.

– C'est lui ! Le voilà !

C'était Lulu, la jolie dame qui se trouvait tous les jours au même endroit sur le trottoir à l'entrée de la rue, qui venait de m'apercevoir. Je me demandais pourquoi elle ne s'asseyait jamais et surtout ce qui pouvait bien la pousser à parler à des messieurs qu'elle ne connaissait pas. Souvent même elle disparaissait avec l'un d'eux, pour aller je ne savais pas où.

La tenancière de l'hôtel, Mme Micoulaz, courut vers moi et me prit par la main sous les regards de toute la rue que ma disparition avait mise en ébullition. Les uns étaient aux fenêtres, les autres sur le pas de leur porte.

– Ah, te voilà, voyou !

– Mais regardez-le ! Regardez-le !

– Dans quel état t'as mis tes parents, petit vaurien...

Les gamins formèrent un cortège pour me conduire jusqu'à la maison. Ce fut Candi qui nous ouvrit la porte.

– Le voilà ! hurla-t-il. Mais où t'étais ?

Simon aspergeait d'eau ma mère effondrée sur une chaise. Elle avait perdu connaissance.

Tous les habitants de la rue, massés devant la fenêtre du rez-de-chaussée, contemplaient la scène.

M. Lievens, le professeur de musique, passa la tête pour dire que ça y était !... Il avait prévenu le commissariat que le petit était retrouvé.

Mon père, hors de lui, ou feignant de l'être, se mit à hurler.

– Je suis coupable ou quoi !... Pourquoi j'ai mis au monde un pareil petit bandit ? Regarde-la ta pauvre mère, dans quel état tu l'as mise !... Allez, au lit ! Monte te coucher.

Marie revenue à elle me serra dans ses bras.

– *Shrai nicht azoï of im*, balbutiait-elle. Ne crie pas comme ça après lui.

*
**

Était-ce une tradition des pays du Sud qui était venue jusque-là, ou simplement la douceur de l'air, qui incitait les habitants de la rue Crémieux à sortir les chaises ou à s'asseoir sur les marches des pavillons dès que les beaux jours arrivaient ?

Comme l'été le charbon était moins cher, on le faisait livrer à cette époque. C'était toujours ça de moins à payer. Le bougnat arrivait en tirant sa charrette, aussi noir que sa marchandise. Il se collait un sac vide sur la tête et commençait à décharger puis à vider ses sacs dans la cave. Naturellement il tombait toujours du charbon à côté. Nous, les mômes, on se précipitait pour le ramasser. Il avait de bien jolis noms à cette époque : c'était la gaillette, le grésillon ou la tête-de-moineau : justement l'expression qu'utilisait mon père lorsque j'avais oublié quelque chose. Ces boulets égarés étaient précieux. Avec ça on pouvait faire mille choses qui faisaient rouspéter les adultes : dessiner sur les murs, se peindre de magnifiques moustaches, et bien entendu noircir nos habits et nos doigts.

Le marché noir s'étant résorbé avec la fin des restrictions, notre voisin Fondel avait repris son activité de forain. Ce n'était pas un mauvais homme, Fondel, mais il semblait ne pouvoir vivre que dans des affaires louches ou calamiteuses. Il présentait dans les foires « un monstre dont le bec pouvait fendre une bûche », disait-il. Le monstre n'était qu'une pauvre tortue de mer qui survivait comme elle pouvait dans un grand baquet rempli d'eau. Quand elle en eut assez et qu'elle mourut, Fondel trouva encore mieux comme phénomène. C'était une femme sans bras et sans jambes, qui peignait avec la bouche !

Elle se nommait Denise Legrix. Elle possédait un visage très fin et souriait à longueur de journée.

Nous trouvions qu'il y avait beaucoup à redire à cette exhibition d'une pauvre femme si gentille comme un simple objet de curiosité, elle qui peignait des fleurs si délicates et des paysages merveilleux.

Puis un jour, elle disparut à son tour. Peut-être était-elle allée rejoindre la tortue.

Il y avait aussi la vieille mère Léa. Elle exerçait un métier immémorial, aujourd'hui disparu : elle était lavandière au lavoir du marché d'Aligre. Elle vivait avec sa fille Geneviève et Pierrot, son petit-fils. Dur travail que celui de laveuse ! Il fallait d'abord trier le linge sale en trois tas : le fin, le demi-gros et le gros. Surtout ne rien égarer, et puis savonner, essorer, sécher et plier tout ça. En toutes saisons, Léa vivait à genoux dans son baquet, courbée en deux, les reins cassés et les bras plongés dans l'eau, de six heures du matin à sept heures du soir, à taper sur le linge à grands coups de battoir. Il faut croire qu'elle était solide, Léa, pour supporter de pareilles fatigues. Le vin rouge et les tournées de Claquesin l'aidaient-ils à aller jusqu'au bout de son interminable journée ? Chaque soir, elle rentrait complètement soûle et courait après Pierrot pour le corriger de bêtises réelles ou que l'ivresse lui soufflait. Il allait se cacher chez lui sous une table, armé d'une provision de petits-suisses qu'il flanquait dans la figure de sa grand-mère. Essoufflée, lasse de le poursuivre, Léa finissait par s'effondrer sur un canapé encore plus défoncé qu'elle et là, elle roupillait dans les odeurs.

Léa et la mère Michel, qui était borgne, étaient des ennemies jurées. Pourquoi ? Mystère ! Le soir, la mère Michel s'asseyait sur des journaux qu'elle étalait le long des marches de son pavillon. Elle rassemblait les gosses autour d'elle et nous racontait des histoires de rois, de princesses maudites, de trésors enfouis... Cela se terminait toujours par une prédiction. Elle me regardait et décrétait :

– Toi, Jeannot, tu seras président et tu te marieras avec Marie-Thé.

C'est alors que la vieille Léa intervenait :

– Qu'est-ce que tu leur racontes encore, vieille toquée ? Tu vas arrêter tes idioties, sans ça ça va chauffer !

Aussitôt les mouflets s'envolaient et la mère Michel rentrait chez elle.

Et puis un jour, Léa fut emportée par une pleurésie. Pierrot pleura beaucoup sa grand-mère, malgré les torgnoles qu'elle lui flanquait lorsqu'elle parvenait à l'attraper. Désormais, tous les soirs il dîna chez nous, car sa mère faisait un travail qui la retenait toujours très tard.

J'eus beau poser des questions et des questions à Marie ou à Simon, personne n'a jamais pu me dire ce qu'était ce travail qui la retenait si tard, Geneviève.

Au début de la rue, se trouvait la boutique du marchand de couleurs et de sa femme, deux Auvergnats flanqués de leurs filles, Suzon et Jacqueline. Ils élevaient toute une basse-cour dans leur cave qui s'ouvrait sur la rue par un soupirail. Notre idée fixe, à Guitou mon complice et à moi, était d'arriver à attraper les volailles à l'aide d'une ficelle terminée par un nœud coulant. Hélas, nous n'y sommes jamais arrivés ! En revanche, quel beau raffut ! Prises de peur, les poules s'affolaient et faisaient autant de boucan que les oies du Capitole. Et nous, nous n'avions plus qu'à filer au plus vite, poursuivis par des balais vengeurs.

Comme j'aime à me rappeler ces souvenirs, à peindre ainsi à touches rapides ces jours de la rue Crémieux ! Et là, tandis que j'écris, une lumière se fait en moi. Je revois cette mélancolique promenade à Béréket Zadé, dont le récit ouvre ce livre. Je revois la maison abandonnée de la rue Hadji Ali, ces images de l'ancienne Turquie transmises par mon père, et que je me désolais de ne pas retrouver là-bas...

Ce que je cherchais si loin était tout près de moi, au cœur de ma propre mémoire ! Toutes les enfances sont les mêmes. Mes sept ans, mes huit ans entre Simon et Marie, dans cette rue Crémieux retentissante des discussions, des disputes, des bonjours, des petits événements quotidiens, ce furent les mêmes que les sept ans, les huit ans du petit Salomon, des trois Princes de Constantinople.

Le dimanche, en revenant des Puces, Simon trouvait table dressée. Vite ! Il ne s'agissait pas de rater la séance de cinéma au Lyon-Palace. Nous y allions chaque dimanche soir. Mon père, après une journée souvent bien fatigante, n'avait alors qu'une envie : se détendre. Il emportait des bonbons, des oranges ou des pommes qu'il nous distribuait pendant la séance. Mes parents connaissaient le directeur de la salle, un Italien aux cheveux blancs, mais aussi les deux ouvreuses, avec lesquelles Simon commentait les événements du jour.

On prenait des places réservées à l'orchestre, à trois cent vingt francs (anciens). Il y avait d'abord les actualités, avec leur générique : le coq Pathé qui battait des ailes. Ensuite le documentaire, toujours suivi d'une attraction : un jongleur, un illusionniste, un ventriloque. Puis c'était l'entracte, et enfin, le grand film, pendant lequel Paulette ne manquait jamais de sortir pour aller aux toilettes. C'était toujours au plus fort de l'action que Simon nous passait les oranges. Moi je rouspétais : il dérangeait mon rêve.

Quel qu'ait été le film, nous n'avons jamais manqué une séance au Lyon-Palace. Il y avait bien un autre cinéma derrière chez nous, le Novelty, avenue Ledru-Rollin. Mais Simon nous y emmenait rarement, l'ambiance lui plaisait moins. Il n'avait pas ses habitudes dans cette salle.

Lors des petites vacances scolaires, il nous conduisait également au cirque, ou au théâtre en matinée. Il entrait avec nous et disait à la caissière :

– Je place les enfants et je sors.

Mais il restait, captivé par le spectacle, sans avoir payé sa place.

Le Cirque d'hiver avait sa préférence. C'était un monde féerique baignant dans l'odeur des fauves, ce qui révulsait Marie. C'est pourquoi elle refusait de nous accompagner. « *Gueferler !* Terrible ! Ça sent tellement mauvais ! » disait-elle.

Un autre de nos rituels, c'était la Foire de Paris, en juin. Nous y allions toujours le dernier jour. Simon engageait la conversation avec un contrôleur de billets. Que lui racontait-il ? Impossible de savoir. En tout cas, nous entrions gratuitement. C'était toujours une journée magnifique, pleine de surprises. Une fois, Marie s'offrit un aspirateur, puis un lustre en cristal de Venise, dont le nettoyage demandait des moyens et une mise en scène interminables. Nous revenions rue Crémieux en autobus, les bras chargés de pots, d'hortensias roses qui décoraient les stands et que les exposants nous offraient car c'était le dernier jour. Nous avions vécu notre « journée Foire de Paris ».

Avec Guitou, on allait souvent pêcher des écrevisses dans le canal Saint-Martin. On accrochait une tête de mouton au bout d'une longue ficelle et on descendait l'ensemble dans l'eau. C'est le boucher qui nous avait donné la recette. Ensuite, il n'y avait plus qu'à attendre. Quand on en prenait, on partageait. Arrivé à la maison, je déposais mes écrevisses dans une cuvette pleine d'eau. Lorsque Marie les découvrait, elle demandait :

– Qu'est-ce que c'est que ça encore ?

– C'est des écrevisses, maman !

– Des crévisses ! Quelles crévisses ? C'est dégoûtant !

Et vlan, par la fenêtre !... Dans le caniveau, les « crévisses ».

Guitou qui connaissait la chanson, accroupi sous la fenêtre, attendait l'arrivée des « crévisses ».

Elle n'avait peut-être pas tout à fait tort, ma mère, l'eau du canal Saint-Martin ne devait pas être d'une qualité exemplaire. On y faisait même parfois des découvertes peu ragoûtantes, comme le jour où on y trouva un suicidé.

Il faut dire que les noyés, les pauvres morts, voient rarement le ciel de leurs yeux absents... La face tournée vers le fond ils vont ainsi, menés d'un bord à l'autre... Tantôt là et puis ailleurs... Les bras en croix, poussés, tirés, ils dérivent indifférents jusqu'à ce que d'un coup de gaffe on les ramène et qu'on les oublie.

Nous on l'avait bien vu avec Guitou. De loin, on croyait même que c'était un tronc d'arbre ou l'un de ces nageurs fatigués qui récupèrent et font la planche.

Le soir, dès que nous apercevions Simon au bout de la rue, Paulette et moi nous précipitions vers lui, suivis par tous les autres gamins. Car nous savions que ses poches étaient toujours pleines de bonbons qui, par parenthèse, avaient un furieux goût de tabac. Les autres gosses étaient rarement oubliés.

Un jour, il offrit à tous les garçons une carabine qui catapultait un parachute, tandis que les filles reçurent une poupée. Le résultat ne se fit pas attendre : les parachutes s'accrochèrent dans toutes les fenêtres et il fallut sonner chez les uns et les autres pour obtenir l'autorisation de les récupérer.

Matin et soir, Marcel, le marchand de journaux ambulant, casquette vissée sur le crâne, passait en criant : « *France-Soir... Ce Soir... L'Intran... Paris-Presse...* ». Le dimanche, Simon, peut-être en souvenir d'Azrak, achetait *L'Humanité-Dimanche* et *Vaillant* au militant communiste de service à l'entrée du marché Ledru-Rollin. *Vaillant*, c'était pour nous. Des héros de tous les temps et de tous les pays y incarnaient une morale communiste – solidarité, défense du faible, goût de connaître et d'apprendre – qui en valait bien une autre.

Un autre personnage qui me fascinait était Rosine, la « petite naine » de la rue de Bercy comme on l'appelait. Boulotte, blonde avec son éternel indéfrisable, elle ne se prénommait pas Rosine, mais comme elle prenait chaque jour le « train des Roses » à la gare de la Bastille, nous avions pensé que Rosine, ça allait de soi. Elle revenait de chez les rosiéristes de Grisy, chargée de paniers de roses qu'elle vendait sur les marchés. C'était une terreur. Si je la dévisageais un peu trop longtemps, elle me fonçait dessus, une bordée d'injures aux lèvres et en quelques secondes la rue se vidait de tous les mômes.

Bientôt, j'entrai à la grande école, en douzième, comme on disait, à l'école communale de garçons, 40 boulevard Diderot. Mon copain Pierrot se trouva dans la même classe. Notre instituteur, M. Tricol, un homme immense, très maigre, avec une grosse verrue sur le front, nous terrorisait. Il frappait les gamins et manqua un jour d'étrangler Pierrot avec son écharpe. Il nous racontait la guerre en hurlant, imitant les avions qui fonçaient sur les positions ennemies. Quant à moi, il me hurlait dessus en allemand, sachant que je comprenais le yiddish et donc, par voie de conséquence, la langue de Goethe. Si d'aventure je ne saisissais pas tout à fait le sens d'un mot ou d'une phrase, il venait à moi et me faisait mettre au garde-à-vous en me tapant dessus avec la grande baguette qui lui servait à désigner les choses de loin. Il criait. Je me sentais liquéfié.

Un jour, il se mit à vociférer ainsi contre moi devant une institutrice.

– Qu'est-ce qui vous prend ? Pourquoi criez-vous en allemand contre ce gosse ?

– Il comprend très bien ce que je lui dis ! répliqua l'instituteur.

Comment la chose parvint-elle aux oreilles de ma mère ? Je n'en sais rien, mais un matin Marie et Geneviève, la mère de Pierrot, la dame qui travaillait si tard, entrèrent dans la classe, accompagnées du directeur, un petit homme claudiquant.

Ma mère s'approcha de Tricol et, sans un mot, lui asséna une paire de claques retentissantes. Geneviève en fit autant ; une paire de claques !

J'avais épouvantablement honte. Je pensais : Ma mère est folle, ma mère est folle... En outre je ne comprenais pas très bien ce qui l'avait prise.

Je compris vite. Marie s'expliquait, menaçante :

– Si vous parlez en allemand à mon fils encore une fois, je vous tue ! Et si vous touchez un cheveu de sa tête, je vous assassine !

C'était donc ça...

Drapées dans leur dignité, les deux femmes se retirèrent avec le directeur qui referma doucement la porte derrière lui. Nous étions pétrifiés. Le ciel nous était tombé sur la tête. Mais M. Tricol ne nous frappa plus jamais et par la suite s'adressa toujours à moi dans un excellent français.

Il faut dire que Marie avait des colères bien à elle. À la fin de l'année scolaire 1952, je reçus le « prix d'honneur ». Mon père retenu à Vernaison, seule ma mère put assister à la distribution des prix. Le directeur annonça les récompenses. Je montai sur l'estrade. Ce fut André Le Troquer, député du XIIe arrondissement et président de l'Assemblée nationale, qui me remit mon prix de son unique main, car il était mutilé de guerre. C'était un gros livre à la couverture rouge, *Le Cimeterre de Tamerlan*. Puis il m'embrassa. C'était un honneur ! Ma mère exultait. Quelque temps plus tard, elle apprit comme tout le monde le scandale des « ballets roses » dans lequel Le Troquer s'était compromis. Aussitôt sa fureur ne connut plus de bornes :

– Un homme aussi important, un invalide de guerre, Simon... Le cochon ! Dire qu'il a embrassé mon fils !

– *Vou Vilste tien siz tsou chpeit*, disait Simon, philosophe. Que veux-tu faire, c'est trop tard. Quand je pense qu'il a aidé Marthe Richard à fermer les bordels.

Mais Marie n'était pas si philosophe, et si M. le Président était tombé entre ses mains, je ne sais pas ce qui serait advenu de lui.

À Pâques, tous les ans, Marie préparait le repas du Seder dont la carpe farcie était le plat principal. Elle allait donc au Pletzel choisir sa carpe dans le vivier du poissonnier au nom prédestiné de Fisher, c'est à dire pêcheur. De retour à la maison, Marie plaçait la bête vivante dans une grande cuvette où le poisson séjournait un jour ou deux, avant que ne commencent les hostilités qui présidaient à la préparation du plat. On imagine mal la capacité de résistance d'une carpe qui refuse de mourir pour la Pâque juive ! Au premier coup de hachoir que Marie lui assénait, le poisson vigoureux et puissant lui échappait des mains et filait dans les endroits les moins accessibles. À nous d'aller le ramasser sous une commode ou une armoire. Simon venait à la rescousse et finissait par le récupérer. Nouveau coup de hachoir : l'animal se débattait de plus belle, glissait et retombait sur le sol. C'est fou ce qu'il y mettait comme mauvaise volonté. Nous n'étions sûrs que la lutte était terminée qu'en entendant le bruit régulier du hachoir, le *ake messé*, dans la cuisine. C'était Marie qui parachevait son œuvre.

Léontine était parfois conviée à ces repas de fête. Marie n'était pas rancunière. Sa rivale malheureuse de la rue des Jardins-Saint-Paul en était alors à son deuxième divorce. Elle était en quête d'une nouvelle victime, après avoir épuisé deux braves goyim, l'un conducteur d'autobus, l'autre plombier.

– Ces pauvres gars ne pouvaient pas tenir le coup bien longtemps, disait Marie d'un ton apitoyé.

Candi seul était inflexible : il ne la supportait pas. Il arriva qu'il fasse demi-tour et s'en aille, malgré son envie de dîner avec nous, parce qu'il l'avait aperçue par la fenêtre du rez-de-chaussée.

Elle finit par retrouver chaussure à son pied, en la personne d'un garde républicain de la caserne Henri IV.

Lorsqu'il était sûr de ne pas rencontrer Léontine, Candi venait partager les repas dominicaux. Alors Paulette et moi écoutions, ravis, les princes de Constantinople raconter leurs multiples aventures, qu'ils embellissaient à loisir. Marie faisait plaisir à voir tant elle riait aux éclats. Au moment du fromage, Simon se levait avec un air mystérieux et s'en allait dénicher dans une cachette chaque fois différente un paquet de gros papier huilé : c'était le munster offert par son amie la Grande Alsacienne. Marie poussait des clameurs :

– Encore cette saloperie, c'est insupportable ! Ah, si je l'avais vu, tu l'aurais cherché dans la poubelle, tiens !

Simon déballait le fromage, dont l'odeur dégoûtait Marie :

– Tu te rends compte, disait-il à Candi. Jeter ce munster ! Ce serait une mauvaise action.

– Alors n'en laisse pas, Simon, parce que je te jure, il retourne pas au placard !

Malgré l'air de sévérité de Marie et l'air de défi de Simon, une lueur dans leurs yeux disait la tendresse complice qui sous-tendait cette dispute. Candi attaquait le munster. Il était heureux d'être là dans sa famille.

*
**

Marie n'avait pas perdu de vue ses amis de la Résistance. Le mercredi, le comité du XIIe arrondissement de l'Union des Juifs pour la Résistance et l'entraide se réunissait rue Crémieux. Je me souviens de la tête qu'ils firent, un soir, en découvrant tout un lot de crucifix, porte-cierges, ciboires et dentelles d'église que mon père avait provisoirement entreposés là avant de les emporter aux Puces, le tout ficelé avec des cravates (quand Simon n'avait plus assez de ficelle, il la remplaçait par des cravates). Pour tous ces gens que les épreuves du nazisme avaient plus que jamais rapprochés de leurs traditions et de leurs racines, c'était un spectacle pour le moins incongru.

– Eh bien quoi ? décréta Marie. Jésus était juif,

non ? Ce n'est tout de même pas nous qui allons faire de l'antisémitisme !

Les Jeunes Bâtisseurs, c'était le patronage issu de la commission centrale de l'enfance dans le XIe, passage Charles Dallery. Nous le fréquentions, ma sœur Paulette et moi, le jeudi. Faïguelé Slovès, la directrice du « patro », personne douce et cultivée, était originaire de Vilno, en Pologne. Elle portait continuellement un chapeau qu'elle attachait à sa chevelure avec une épingle. Les parents de notre moniteur Daniel avaient été déportés : enfance orpheline dans les maisons d'enfants fondées pour lui et ses pareils. Il était notre grand frère. Ce patronage était un peu sa famille, sa vie... Nous aussi, nous aimions y aller. Chacune de nos équipes portait fièrement le nom d'un jeune héros juif de la Résistance : Charles Wolmark, Léon Burztyn, Marcel Rajman, Julien Zerman. Ce dernier, à dix-neuf ans, avait été abattu par les nazis, les armes à la main. Ses parents, qui vendaient des vêtements à Saint-Ouen, se joignaient parfois à nous. Dépossédés de leur plus grand bien, leur enfant, ils manifestaient un courage, une détermination à se battre encore et toujours pour la paix, qui nous emplissaient d'admiration. Jamais ils ne donnaient de leçons : ils incarnaient leurs valeurs, c'est tout.

Nous fêtions tous ensemble Pessah, Pourim, Hannouka, toutes ces fêtes merveilleuses de la vie juive. Nous chantions en yiddish. Paulette était soliste. Sa voix faisait pleurer toute l'assistance quand elle chantait *Aïlelouli*, une berceuse juive, qui avait déjà dû retentir un demi-siècle plus tôt dans les villages de Pologne... Moi, j'étais le plus souvent choisi par Mme Slovès, avec ma camarade Léopoldine, pour jouer les rôles principaux des pièces en yiddish, comme *L'Omelette*, de l'écrivain Sholem Aleichem.

On allait aussi à la fête de *L'Huma*, avec le patro du XXe, dont s'occupait Louba Pludermacher, la tante du célèbre pianiste, et celui du IIIe que dirigeait Shaïna. On se retrouvait aussi au music-hall l'Alhambra pour voir des films, *Timour et sa brigade* (un film soviétique) ou *Premier de cordée*.

Une kermesse avait lieu chaque année à l'hôtel Moderne, place de la République, au profit de l'organisme qui entretenait les maisons d'enfants et les colonies de vacances. Marie et Simon contribuaient à réunir de nombreux dons que l'on vendait ce jour-là. Des écrivains venaient dédicacer leurs ouvrages, et deux couples célèbres honoraient la kermesse de leur présence : Simone Signoret et Yves Montand, Elsa Triolet et Aragon.

*
**

Mon instituteur de septième, à l'école communale, était un natif du Cantal qui, ironie du sort, s'appelait M. Brioude. Il entreposait dans l'armoire, au fond de la classe, quelques litres de vin. Régulièrement, tandis que nous étions penchés sur nos cahiers et nos porte-plume, tout en égrenant les phrases de la dictée, il marchait vers l'armoire et nous entendions le couinement du liège, le choc léger du goulot sur le verre, le glouglou caractéristique du vin quittant la bouteille. Durant la récréation qui précédait la cantine, il m'expédiait au Viniprix de l'avenue Daumesnil pour lui rapporter deux litres de pinard. Très fier de ma mission, j'en profitais pour m'offrir, chemin faisant, une sucette à la confiserie du Diable bleu. À ce genre de détails on mesure combien les temps ont changé : un instituteur qui agirait de la sorte aujourd'hui provoquerait des manifestations de parents. La presse nationale en parlerait. Et je n'oserai pas affirmer que M. Brioude soit un modèle à suivre, mais en définitive, il nous apprenait aussi bien que n'importe qui les arcanes de la division à virgules, de l'accord du participe et de la monarchie capétienne !

Après la classe, je filais récupérer ma petite sœur à l'école des filles, rue Jean-Bouton, tout à côté. M. Brioude, dont c'était le chemin, nous accompagnait parfois rue Crémieux et s'arrêtait avec nous pour dire bonjour à Lulu, la jolie dame toujours très élégante en faction au coin de la rue, et dont le métier restait pour nous un mystère. Elle nous embrassait avec la phrase rituelle :

– Alors, vous avez bien travaillé à l'école, aujourd'hui ?

Et tandis que nous parcourions les derniers mètres qui nous séparaient du goûter, pressés de poser les cartables, M. Brioude s'attardait avec Lulu. Non, décidément, l'excellent homme n'était pas politiquement très correct !

Je prenais des cours de violoncelle avec M. Lievens, notre voisin, et Paulette apprenait à jouer du piano avec sa femme. Faire apprendre la musique aux enfants était, pour ma mère, une tradition qu'il n'était pas imaginable de transgresser. Ce devait être une occasion pour moi de découvrir un aspect secret de la personnalité de mon père. Après cinq ans de violoncelle, en effet, alors que je me débrouillais plutôt bien, j'en eus assez et décidai d'arrêter, prétextant que j'avais trop de devoirs au lycée. Simon et Marie, qui adoraient m'entendre jouer, n'arrivaient pas à y croire, pensant qu'il s'agissait d'un caprice ou d'un découragement passager. M. Lievens vint les soutenir et fit l'impossible pour me convaincre de continuer :

– Maintenant tu as dépassé les moments les plus difficiles, et crois-moi, Jeannot, tu es né avec un violoncelle entre les mains.

Rien à faire. J'étais plus buté qu'un âne rouge.

– Non, c'est non. J'arrête !

Alors, les larmes aux yeux, mon père me demanda une dernière fois :

– Tu ne veux plus jouer ?

– Non !

Il fit alors une chose incroyable : il se leva, alla chercher le violoncelle, et, l'appuyant contre le mur, il le fracassa à coups de pied.

– Comme ça, tu ne joueras vraiment plus.

Bien plus tard, je compris ce que ce geste signifiait, ce que mes dons musicaux avaient sans doute représenté pour lui, sa fierté de pouvoir me faire apprendre cet instrument, les espérances qu'il avait dû concevoir parce que M. Lievens me jugeait doué... L'image de Simon brisant le violoncelle est une des plus douloureuses que je puisse évoquer. Ce jour-là, je le sais, j'ai causé une déception et un chagrin immenses à cet homme que j'aimais par-dessus tout.

Le temps passa, le général de Gaulle arriva au pouvoir.

Il fut décidé que nous irions enfin rendre visite à l'oncle Nathan à New York.

Nathan était, je le rappelle, l'oncle de Marie ; le premier à avoir dû fuir la Pologne, au début des années trente, après avoir, en état de légitime défense, tué un policier.

Tout cela coûtait cher. Simon déclara qu'il ne pouvait pas quitter les Puces. En réalité c'était pour que je puisse faire le voyage à sa place. Je partis donc avec Marie pour l'Amérique à bord du *Liberté*, paquebot de la Compagnie générale transatlantique.

Nous avions bien peu d'argent car il était interdit de sortir de France avec plus de cent mille francs anciens par personne. Mille d'aujourd'hui.

Simon et Candi nous accompagnèrent jusqu'au Havre. Là, ils retournèrent leurs poches devant l'embarcadère et donnèrent à Marie tout l'argent qu'ils avaient sur eux, jusqu'au dernier billet de cinq cents francs.

La traversée dura cinq jours durant lesquels Marie lia conversation avec une dame âgée, véritable grand-mère confiture. Cette femme quittait la France pour assouvir sa passion : le jeu. Elle était interdite dans tous les casinos de France et de Navarre. Une nouvelle vie s'offrait à elle sur les tapis verts du Nouveau Monde.

L'arrivée à New York, la vision de la statue de la Liberté à l'entrée de la baie d'Hudson me procurèrent une émotion immense. Marie était bouleversée à l'idée de revoir son oncle. Toute la famille, fils, petit-fils, belles-filles de Nathan, nous attendaient sur le quai de la « French Line ».

Ils dépassaient tous le mètre quatre-vingt-dix, et au milieu de ces géants américains, il y avait Nathan, petit bonhomme mince d'un mètre soixante, tiré à quatre épingles dans un beau costume fait de ses propres mains. Marie et lui demeurèrent enlacés un long un très long moment, mêlant le rire et les larmes. L'oncle avait retrouvé « sa » nièce.

La visite de New York que l'oncle Nathan nous proposa ressemblait davantage à un itinéraire de la mémoire juive et populaire qu'à un parcours touristique. Au bonheur de retrouver le seul représentant de sa famille, s'ajoutait pour ma mère celui de se promener dans un pays et dans des quartiers où les Juifs n'avaient jamais souffert de persécutions. Même si l'antisémitisme existe aux États-Unis, c'est d'une façon bien différente de ce qu'a connu l'Europe. Là-bas, il s'inscrit parmi tous les antagonismes de la société américaine. Mais chacun reste protégé par la loi et nous en sentions parfaitement la nuance.

On voyait partout des magasins juifs, des boulangeries, des charcuteries, des boucheries, des échoppes de tailleurs, de chausseurs et même des magasins d'articles religieux comme à Belleville ou rue des Rosiers.

La différence c'est qu'à Brooklyn les distances donnaient le vertige.

Pas de gratte-ciel, mais des avenues interminables arpentées par des foules d'hommes, de femmes, d'enfants qui sans doute, et c'est tant mieux, ignoreraient à jamais leur chance de vivre dans un quartier crasseux peut-être, mais en toute liberté physique et morale. Pas si crasseux que ça d'ailleurs. Plutôt négligé, plutôt mal entretenu... Mais la vie était là bien présente !... La vraie vie, celle qui ne peut s'épanouir que dans le souffle irremplaçable de la sécurité.

Voilà à quoi je songeais en voyant Marie et Nathan cheminer bras dessus, bras dessous dans Esther Street.

– Alors, s'exclama Simon, nous accueillant à notre retour rue Crémieux. Vous leur avez donné l'adresse des vieilles casseroles ?

À Paris, Candi avait quitté sa chambre meublée pour un petit appartement, un deux pièces acheté avec ses économies, rue des Hospitalières-Saint-Gervais. Il ne s'était guère éloigné de la rue de Jarente où il avait vécu vingt-cinq ans. C'est Marie et Simon qui, non sans mal, l'avaient poussé à acquérir un logement.

Sa vie était entourée de secrets, ou peut-être était-ce seulement de la discrétion. Rien ne filtrait de son existence, si ce n'est la partie de belote dans un café du quartier avec quelques habitués, la séance de ciné au Saint-Paul rue de Rivoli et les anecdotes avec des clients qu'il prenait en charge. Il ne parlait jamais de lui, et mes parents respectaient cette réserve.

Marie avait bien tenté de lui trouver une compagne. Mais Candi se dérobait, mettant fin à la discussion par une pirouette.

Je pense qu'il était très amoureux de ma mère, comme il l'avait été de Malka. Il était de ces êtres sensibles, doux, secrets, qui peuvent leur vie durant éprouver un sentiment tendre et triste, et s'en contenter.

Il était pessimiste de nature ; les événements de la guerre avaient cassé en lui toute joie de vivre. Il ne croyait plus guère en l'être humain. « Les peuples heureux n'ont pas d'histoire », dit-on. Candi pensait en conséquence que les peuples malheureux en ont une et que les Juifs ne pourraient jamais s'en sortir.

Il vivait replié sur lui-même, pudique, sans jamais rien révéler de ses difficultés ou de ses souffrances. C'est ainsi que, s'étant fait hospitaliser pour une opération, il n'en parla à Marie et Simon que lorsque tout fut terminé. Il ne voulait pas déranger...

Mes parents s'inquiétaient à son sujet. Sa santé était chancelante, et son désarroi moral n'arrangeait rien. Ils lui dirent et redirent qu'il fallait les appeler en cas de besoin, venir les voir quand il voulait, ne pas hésiter... Candi remercia et ne demanda jamais rien. Jusqu'au jour où son taxi resta seul et vide, rue Barrault, à l'heure où la file des Renault KZ noir et grenat franchissait le portail et se disséminait dans les rues.

Ce fut la police qui nous avertit. Dans sa chambre, sur sa table de nuit, les policiers avaient trouvé un mot : « En cas d'urgence appeler Simon et Marie ». Suivait leur numéro de téléphone. Le mot était manifestement là depuis longtemps. Dans son portefeuille, il y en avait un autre, tout pareil.

Simon se précipita rue des Hospitalières-Saint-Gervais avec Paulette et moi. Effondrée, Marie n'avait pas voulu venir.

C'était la première fois qu'on pénétrait chez Candi.

Nous découvrîmes un véritable taudis. L'appartement était affreusement sombre. L'humidité suintait des murs. Simon était accablé. Il comprenait maintenant pourquoi son ami avait toujours refusé qu'il vienne le voir. C'était là qu'il avait vécu.

Candi était étendu, perdu sur un grand lit, lui le petit prince de Constantinople.

Tout était remarquablement rangé dans ce misérable deux pièces. Trop bien peut-être.

Bien en vue, sur le poste de télé, trônait la photo encadrée des trois Princes.

Simon la prit délicatement entre ses mains, la regarda fixement les larmes aux yeux. C'était le livre de sa vie dont il tournait les pages en contemplant ces trois visages...

Nous n'eûmes plus qu'à accompagner Candi au cimetière de Bagneux. Ida et Fernande étaient là, ainsi que Micha, un de ses collègues, un Russe blanc avec qui il s'était lié d'amitié. Même Léontine s'était déplacée, pour mener à sa dernière demeure l'homme qui lui avait résisté !

On continua à parler de Candi comme s'il vivait toujours, comme s'il allait venir partager le repas, ou nous faire profiter de son taxi pour une course, un transport... Mais l'île des Princes était bien loin, décidément. Bien loin derrière eux.

*
**

Les années passèrent. J'étais devenu journaliste à la radio. Jamais Simon ne me parlait de mon métier. C'était une sorte de jeu pour lui. Mais je savais par ma mère que tous les marchands des Puces étaient alertés dès que je devais parler « dans le poste ».

Il courait de l'un à l'autre, avant comme après ma prestation. Il fallait qu'ils m'écoutent. Ceux qui ne s'intéressaient pas aux émissions de son fils étaient vraiment des imbéciles, indignes de son voisinage !

– Il a une bonne voix, hein ? affirmait-il.

Et chacun sentait bien qu'il ne s'agissait pas de le contrarier.

Tous les dimanches, j'allais déjeuner chez mes parents. Simon était « aux puces », Marie s'affairait dans sa cuisine. Dès que j'arrivais, elle me remplissait une assiette et me forçait à m'asseoir, alors que nous n'allions nous mettre réellement à table qu'une heure plus tard.

Pour elle je n'avais jamais assez faim. J'entendais toujours la même sempiternelle chanson :

– Dehors tu ne manges rien, tu es tous les jours au restaurant ! Tu manges n'importe quoi !

– Je n'ai pas faim, maman. Je mangerai tout à l'heure avec toi.

– Tais-toi et mange ! Tout à l'heure !... Tout à l'heure !... Bien sûr, tout à l'heure tu mangeras. Manquerait plus que ça ! Pour qui tu te prends ? Pour *Lord Cox foun der gazovnië*, peut-être ?

Lord Cox l'allumeur de becs de gaz... Une distinction qu'elle me donnait quand elle voulait faire semblant d'être en colère. Moi, je regardais maman et je me répétais « Marie, Marie, je t'aime ! » Des mots que le pudique Simon n'avait jamais prononcés, mais qu'il avait, j'en suis sûr, envie de hurler car ils s'aimaient follement.

Et puis un dimanche, un affreux dimanche, la sonnerie du téléphone, toujours la même pour les bonnes comme les mauvaises choses, retentit rue Crémieux. C'était Céline, une des marchandes voisines de mon père, à Vernaison.

– Ton père a eu un malaise. Viens vite...

Je rassurai maman qui voulait absolument m'accompagner. Paulette, qui à son tour était devenue un bon « broc' », ne se trouvait pas près de Simon ce jour-là.

En arrivant à Vernaison, je le trouvai, très calme, assis dans un fauteuil Voltaire, au milieu de son capharnaüm, son feutre sur la tête. Simon trônait dans son palais des merveilles, l'air absent, rêvant sans doute aux volières peuplées d'oiseaux multicolores du palais de Topkapi, aux jardins du Sultan, aux quais de Constantinople.

J'étais bouleversé. Il me regarda et je lui caressai la joue. Il me dit doucement :

– On va fermer le stand, mon garçon.

Je me mis en devoir de ranger la devanture de cette caverne d'Ali Baba où étaient enfouis tous ses souvenirs ainsi que mes propres rêves.

Dans sa robe bariolée, la vieille manouche s'approcha. Elle voulut prendre Simon par la main, mais il se déroba et lui dit doucement en espagnol :

– *Mira, esto no lo habias previsto...*

En effet, elle ne l'avait pas prédit.

Mon père se leva et accepta de s'appuyer sur mon bras.

Nous avancions tout doucement. Les voisins regardaient Simon s'en aller.

Il les dévisagea les uns après les autres, sans rien dire.

La grosse Italienne s'était levée de son fauteuil. Pour la première fois je la voyais debout. Et pour la première fois elle était muette !

Madame Gisèle... Bonner... Michel... Madame Joseph... Céline... Simone... Victor... Personne ne tenta de cacher son chagrin. On détournait la tête pour ne pas voir Simon s'éloigner lentement, appuyé sur mon bras, dans l'allée des Veuves.

Simon s'arrêta, et, d'un geste discret de la main, en seigneur, il rejeta son chapeau en arrière comme il le faisait souvent, puis il se retourna. Il souriait tristement. Je le vis poser un dernier regard sur ce Marché aux Puces qui avait été son œuvre, sa vie.

Puis, sans un mot, il me toucha le bras et nous repartîmes.

***

C'était un enfant, Simon, un merveilleux enfant qui l'est resté sa vie entière, sachant dessiner d'un trait d'orfèvre chaque heure de l'existence, la colorer d'harmonies musicales, et qui cultiva jusqu'à son dernier souffle la seule poésie qui soit : la poésie du désordre.

Il aimait son bric-à-brac. Il aimait le cinéma, les animaux exotiques, les fêtes foraines, les lumières de Paris. Il aimait les autres, les amis, les proches et les inconnus. Les rencontres, les verres levés et choqués, les promenades. Il aimait, simplement. La violence, l'injustice, la méchanceté l'étonnaient, le consternaient.

Il a vécu comme cela, donnant ce qu'il avait d'une

main généreuse, à quiconque voulait lui faire l'amitié de le prendre.

Lorsque pareille vie se déroule sans discours et sans phrases, sans y penser vraiment, et qu'elle touche suffisamment le cœur et l'esprit d'un autre, elle devient exemplaire. Alors il est souhaitable de s'en emparer pour l'inscrire dans le temps, afin qu'un jour peut-être, d'autres frères humains « qui après nous vivront » suivent ses traces, sachant que rien n'est jamais achevé et que, dans la pire nuit noire, vivre demeure le seul hommage que l'on puisse rendre à Dieu ou au genre humain, ce qui revient peut-être au même. Ainsi la vie de Salomon laissera-t-elle quelque trace, lutte dérisoire, seulement destinée à dérober quelques secondes de souvenirs à l'éternité.

J'ai gardé deux objets que je conserve pieusement. Il s'agit d'une plaque en bronze, une simple plaque de brocanteur, et d'une louche de cuisine, couleur grenat.

D'autres ont leur griffon d'or, ou leur lion « de sable au chef cousu de gueules ». Eh bien cette plaque de brocanteur et cette louche de cuisine venue de Pologne sont mes armoiries à moi.

Simon, Azrak, Candi ! Il n'y avait peut-être pas d'île des Princes en ce monde pour y emmener celles que vous aimiez, Marie, Ida, Malka ; pour que Joseph et Cadoune et Boubé Golter y vieillissent heureux, en contant à leurs petits-enfants les belles histoires des sultans et des Camondo...

Il n'y avait pas d'île des Princes dans ce siècle qui vous a vus vivre et mourir, pas d'autre île en tout cas que celle laissée derrière vous, là-bas, dans les belles années de Béréket Zadé, dans les soirs chauds où la rue Hadji Ali s'emplissait des bonnes odeurs de l'ancienne cuisine juive, quand Cadoune à sa fenêtre demandait « où sont-ils encore passés ? »

C'était cela, votre île. Vous aviez des milliers de rêves et vous ne saviez pas que vous l'aviez déjà doublée, votre île, que le temps vous emportait au-delà d'elle.

Il n'y aurait pas d'île des Princes. Il y aurait des départs, des adieux, et aussi des retrouvailles et des amours. La foire du Trône et l'atelier de Léon Bernheim. Des tragédies et des sourires du destin. Une aurore sur le Pont-Neuf, Azrak vénérant Staline, la France pays de la liberté et du Vél'd'hiv'. Tant de choses mêlées, confondues, emportées...

TABLE DES MATIÈRES

Direction littéraire
Huguette Maure
Françoise Clausse
assistées de
Marie Dreyfuss

Composé par P.C.A.
44400 – Rezé

Impression réalisée sur CAMERON par

BRODARD & TAUPIN
GROUPE CPI
La Flèche

pour le compte des Éditions Michel Lafon
en mars 2001

Imprimé en France
Dépôt légal : avril 2001
N° d'impression : 6789
ISBN : 2-84098-679-5
LAF 197